·慢读吧·

诗经选

王玉洁 编著

长江出版传媒 崇文书局

图书在版编目（CIP）数据

诗经选 / 王玉洁编著 . -- 武汉：崇文书局，
2022.7
（慢读吧）
ISBN 978-7-5403-6670-4

Ⅰ . ①诗… Ⅱ . ①王… Ⅲ . ①古体诗－诗集－中国－
春秋时代 Ⅳ . ① I222.2

中国版本图书馆 CIP 数据核字（2022）第 060664 号

责任编辑：程　欣
封面设计：杨　艳
责任校对：董　颖
责任印刷：李佳超

诗经选
SHIJING XUAN

出版发行：长江出版传媒｜崇文书局
地　　址：武汉市雄楚大街 268 号 C 座 11 层
电　　话：(027)87677133　邮政编码　430070
印　　刷：湖北新华印务有限公司
开　　本：880mm×1230mm　　1/32
印　　张：7.5
字　　数：170 千
版　　次：2022 年 7 月第 1 版
印　　次：2022 年 7 月第 1 次印刷
定　　价：49.80 元

写在《诗经》之前

　　《诗经》是我国现实主义文学的源头，带着远古清新辽远的气息，扑面袭来。跨越了从西周初年到春秋时期约5百年的时光，产生的地域主要是黄河流域，那时候的生存环境非常恶劣，黄河无数次决堤、无数次改道、无数次干旱，却没能阻断两岸生民平淡而真实的农耕和蚕桑生活以及瑰丽梦想。那时候也会"三川竭，岐山崩"，先民们对于山川河流和自然的崇拜敬畏，纯朴而郑重。

　　在黄河的各个支流旁栖息的先民，他们在沿岸的灌木丛、沼泽地和密林里，捡拾了最原始无尘的美丽，轻轻一抖，便遗落在"十五国风"的字里行间，生长出恰如"淇水汤汤""蒹葭苍苍""河水弥弥""谁谓河广？一苇杭之"等与河密切关联的美丽句子。让我们在或盛大或苍茫、或沉静或清幽的意境里，触摸着先民们脉搏里流淌着的悲喜忧乐。

　　天地有大美而不言，《诗经》也是。

　　从某种意义上说，《诗经》里的文字是最质朴简约的，却传达出最幽微丰富的情感，最细腻绵密的情愫，最朴拙真诚的心意。《黍离》中，一个行役到镐京的周大夫看到曾经的都城如今只剩下稷麦青青，他心里的悲痛通过"摇摇""如醉""如噎"，富有层次感地展现无遗。作为一首送别诗，《燕燕》中的"瞻望弗及""伫立以泣"八个字，就写尽了古往今来离别的样子。简约之美，就是一种文字上的画龙点睛，让文字有了温度和性情。

《诗经》里，关乎女子的诗篇众多，从各个侧面反映出先民们纯净朴质的精神面貌，仅《诗经》的"十五国风"，涉及她们的生活的诗歌就有40余篇。《葛覃》里写一个归宁的女子待归的急切与喜悦；《凯风》里的母亲辛勤抚育了七子，孩子对母亲一片拳拳报恩之心；《静女》里一个调皮美丽的姑娘故意捉弄着心上人，又赠荑草和彤管来表达心意；《山有扶苏》里的姑娘戏谑地俏骂，让爱着她的小伙子满心幸福喜悦；《褰裳》里的姑娘可是爽朗又泼辣的，让小伙子赶紧提衣涉水来见，别让她等急了；《载驰》里的许穆夫人不仅是历史上第一位女诗人，还有着救国济难的巾帼情怀……

然而，《诗经》里写女子的美绝不是单一的，单调的，它丰满生动，灵秀逼人，摇曳生姿。从"窈窕淑女"到"桃之夭夭"，从"美目盼兮"到"所谓伊人"，从"颜如舜华"到"月出皎兮"，女子之美，可谓尽态极妍，身姿婀娜，面色艳丽，美目流盼，若即若离，如花鲜妍，如月皎洁。但是，女子之美又不是只停留在观感上，更是体现在德行上：《关雎》里采摘荇菜的姑娘，有着劳动的朴实之美；《采蘋》的待嫁少女有着采蘋献祭的无限虔诚；《绿衣》里的亡妻生前，不仅缝补浆洗，还在许多事务上规劝夫君，给他许多有益的帮助；《将仲子》里的姑娘，虽然也爱某家二小子，却懂得自重和节制，让他不要翻墙逾矩；《硕人》里的庄姜，虽然美而无子，却尽心竭力抚育着戴妫留下的孩子，活成了"国母"的典范。

《诗经》里的诗虽然大多篇幅不长，但往往文简意丰，营造了许多优美的意境。《关雎》里，春天的水边，关雎鸟引颈长鸣，美丽的荇菜开着单瓣的黄色的小花。《野有蔓草》

中，仲春季节的某个清晨，晶莹剔透的露珠挂满了蔓草的叶子。《蒹葭》里，一个露浓霜重的秋天的早晨，河畔长满茂盛的芦苇，一个苦恋的男子对心上人苦苦追寻，心上人总是若即若离。《小雅·斯干》里那潺潺流淌的小溪，幽静深邃的终南山，竹林摇曳生姿，松林茂密成荫。甚至，《诗经》里的许多意境还成为唐诗宋词最好的借鉴。读《东门之杨》，一个女子和男子约定黄昏的时候在郊外的白杨树下相见，这和"月上柳梢头，人约黄昏后"里的意境如此相似，不过是地域不同，才有了"白杨"和"柳树"之别；《郑风·风雨》里的"风雨如晦，鸡鸣不已。既见君子，云胡不喜？"和李商隐的那一句"何当共剪西窗烛，却话巴山夜雨时"多么相似，不过一个是在风雨之夜真见了，一个是想象在风雨之夜的相见。

《诗经》之美，还有那附着于植物和动物之上，在苍茫时空中扶摇而起，历历可见的那些情愫。荇菜中藏着的简单，艾蒿里蕴含的朴拙香味，卷耳里思念的力量，稷麦里的生机与苍凉，蘋藻里至洁的寄托和虔诚，梅子里酸甜青涩的爱情，柏木里坚贞的品性，还有野鹿里捕获的情意，飞鼠里狡黠的怒斥，雁鸣声中女子焦急的等待……

孔子说："诗三百，一言以蔽之，曰：思无邪。"

"十五国风"里，虽然因为地域不同，各个诸侯国的诗歌都各有其鲜明的地方特色，比如：镐京几经王朝更迭，故王风大多苍凉；齐地为姜子牙自治之地，故齐风大胆开放；卫宣公好色无耻，故卫风多淫奔；曹地乃小国，故曹风多悲忧……但综观"十五国风"，爱情仍是重大的主题。

爱情婚姻，人伦之始，求室求偶，成家立业，人类才得以繁衍生息。先从《诗经》之始的《关雎》说起，一个男子爱上一个采摘荇菜的窈窕少女，这便是最美好的情意初起，从水边邂逅，到辗转相思，再到想象着与她琴瑟和鸣，这是爱情的一番甜蜜的波折，爱情是必要经历这一番波折的，得之弥艰，才爱之弥深。然而，把《关雎》放在第一篇，或者又不仅如此，一则这份爱情的美好，在于它是以婚姻为目的，不是一时的激情，为社会所赞同；二则这是"君子"与"淑女"的遇合，"窈窕淑女，君子好逑"，兼具体貌之美，德行之善，这就是所谓的郎才女貌吧；三则具有节制之美，没有攀墙折柳的越矩，有的只是"辗转反侧"的克制，"琴瑟友之"的思慕。

细想之下，《关雎》作为《诗经》之始，也最是能够体现其"乐而不淫，哀而不伤"的。一见倾心，爱的烦忧，想象中的幸福，都给人留下无尽的想象的余地，如此美好的相遇、美好的相思、美好的婚姻，想必一定会有一份美好的结局。诗中的辗转难眠的痛苦，求之不得的忧伤，又算得了什么？《蒹葭》中，那个水中央的伊人，虽苦苦追求，却总是若即若离，但是，追求本身就是无限美好且充满着希望的。《氓》中那个善良幼稚的女子虽然被氓的甜言蜜语所动，经历了色衰爱弛、被弃回家的不幸，但她发出的是"反是不思，亦已焉哉"这样清醒决绝的悔悟，她完成的也许是人生的一次蜕变。

女子，在这样的农业社会里，既有对男子的依附与倚赖，也有血脉里流淌着的母系时期的坚强与叛逆，还有滋生于水边的民族的那种与水相依的温柔和美丽。那时候，农业开始占据了主导的地位，男子是农业生产主要的劳力，父权制度刚刚确立，母系社会遗风还未去远，爱情生活丰富多彩，婚姻礼俗也各不相同，既有远古流传下来的遗风流韵，也有周代社会独有的特色。

所以，《诗经》里的爱情诗，既有爱情的美好，如《桃之夭夭》里的新嫁娘，青春美艳，有着宜室宜家、多子多孙的美好祝福；《溱洧》里的溱水洧水的春天，男女手持简兰，互诉衷曲，送上表达爱情的芍药花；《出其东门》里，一个男子对着如云的美女，只钟爱那个素朴的姑娘。也有世俗的阻挠：如《东门之墠》里，两个青年男女，相距咫尺，情意如一，却难以相见；《柏舟》里的少女对父母之命发出了无力的抗争；《汉广》里，砍柴的樵夫对汉水的游女有情，却无法靠近。既有婚姻的美满：如《鸡鸣》里一对尊贵的夫妻，相互体谅，和谐美满；《女曰鸡鸣》里，岁月静好，互敬互爱，互赠杂佩的小夫妻。也有婚姻的不幸：如《江有汜》里痴心的女子，还在等着背叛的丈夫回心转意；《遵大路》里，一个女子不顾羞耻地在大道上，哭求弃她而去的丈夫；《终风》里的女子对一个朝秦暮楚、性格暴烈的男子错付了痴心；既反映了各诸侯国的风情，如《野有死麕》中，写了一场山野风味的欢会，《东方之日》里，一个女子来到男子的家里留宿，也对当时的社会历史情况有所折射，如《汝坟》里的妻子在无望中等来了和征夫的重逢，《击鼓》中，一个征夫想起出征前，和妻子立下的誓言"死生契阔""与子偕老"，《卷耳》中，苦苦行役的丈夫，思念恍惚的妻子。总之，爱情，是"十五国风"里最缠绵低徊、最回味悠长的篇章。

"十五国风"是我国现实主义诗歌的源头，它描写现实，反映现实，对后世现实主义诗歌的创作产生了深远的影响。除了爱情，它也生动而真实地呈现出两千五百多年前那个漫长的历史时期各个阶层的生活状况和社会面貌。

那时候，周王朝及各诸侯国之间相互攻伐、征战不断，年年饥馑，对老百姓横征暴敛，阶级矛盾十分尖锐，百姓生活艰辛困苦。《豳风·七月》从各个侧面展示了西周社会的劳动场景、生活图景、男耕女织、人物面貌，以及对立的阶级关系。劳动者们一年四季不停地劳作，耕种、收割、采桑、染绩、缝衣、狩猎、建房、酿酒、劳役、宴飨等，却只能住破屋，吃瓜菜，"无衣无褐"。统治者们却过着优越的生活，享受着他们的劳动成果。《硕鼠》中，他们把统治者比喻成贪吃的大老鼠。《伐檀》里，统治者们"不稼不穑"，却粮满仓兽满院。《下泉》里，作为小国的曹国，总是受到大国的欺凌，只能发出寒泉浸野草之悲。

繁重的徭役和兵役也给人们带来了深重的灾难，人们四处奔波，常年征战，思乡思家。《式微》的黄昏里，征夫思家，发出痛苦的追问，只是因为无休止的劳役，养活统治者的贵体，才积年累月地在露水和泥浆中奔忙；《鸨羽》里，王事没完没了，征夫们甚至连回家赡养父母都做不到，无比痛苦；《君子于役》中，一个女子思念着征夫，在牛羊归来，夕阳西下的时候，内心忧伤不已。《击鼓》里的征夫久戍不归，内心有着无限的怨恨和思念。

我们的先民们虽然生活状况十分艰难，有时候甚至朝不保夕，但他们身上的善良、坚韧、乐观、朴质的品性，和着那些艾蒿的清香，一起弥散进骨骼里，作为一种隐形的遗传基因，潜入了生生不息的生命深处。《二子乘舟》中的公子寿，为救兄长慷慨赴死；《出车》里，一个武士追述跟随统帅南仲出征，保家卫国，充满了慷慨激昂的斗志和豪情；《采薇》里，征夫们虽然只能食薇，忍受着思归恋家的痛苦煎熬，却也有着戍边卫国的重大责任。

《诗经·大雅》主要是歌颂周朝先王先公的功绩，记述周朝的历史，以及政治、军事、祭祀方面的活动为主的诗，如《文王》《生民》等，它不如"十五国风"和《小雅》清灵秀丽，却端庄肃穆，记述了周祖先创业的艰难，有的带有神话的色彩，读来也并不枯燥。

　　《颂》里面的诗比较枯燥，是周朝的颂歌，主要用于宗庙祭祀。有些诗记录了当时的农、牧、渔和祭祀的情况，以及先人们开疆拓土、营建官室的情景，对了解当时的社会情况是很有帮助的。

　　总之，《诗经》以其盛大与宏美，给每一个读她的人以深深的震撼。她有丰富的内容，极高的艺术水平，深广的精神内涵。仅仅是那些诸如"春日迟迟，卉木萋萋""今我来思，雨雪霏霏"的美丽句子，都踩痛了每一根和她相遇的神经，碰撞出漫天焰火的绝美体验。

　　希望我拨动了《诗经》微渺的炭火，让她跳跃的火光温暖你阅读时那颗善感的心灵，带给你不一样的阅读体验。

目　录

雎鸠

第一部分：国风

周南

《周南》是《诗经·国风》中的部分作品，总计十一篇。周朝时期采集的诗篇，因在周王都城的南面而得名。

关雎

关关雎鸠（jū jiū），在河之洲。窈窕（yǎo tiǎo）淑女，君子好逑（qiú）。

参差荇菜，左右流之。窈窕淑女，寤寐（wù mèi）求之。

求之不得，寤寐思服。悠哉悠哉（yōu zāi），辗转反侧。

参差荇菜，左右采之。窈窕淑女，琴瑟友之。

参差荇菜，左右芼（mào）之。窈窕淑女，钟鼓乐之。

关关：象声词，雌雄二鸟相互应和的叫声。　雎鸠：一种水鸟。

窈窕淑女：贤良美好的女子。窈窕，身材体态美好的样子。

好逑：好的配偶。　荇菜：一种水草，可食。

左右流之：时而向左、时而向右地择取荇菜。流，义同"求"，这里指摘取。　寤寐：醒和睡。指日夜。寤，睡醒。寐，入睡。

思服：思念。服，想。《毛传》："服，思之也。"　悠哉悠哉：意为"悠悠"，就是长。这句是说思念绵绵不断。

琴瑟友之：弹琴鼓瑟来亲近她。友，用作动词，此处有亲近之意。　芼：择取，挑选。　钟鼓乐之：用钟奏乐来使她快乐。

赏析

这是一首关乎爱情的诗篇。

春天的水边，水清如碧，美丽的雎鸠正在引颈高歌，参差的荇菜开着黄色的单瓣的小花，满眼都是，照水的明艳。

一个妙龄少女，有着如花的容颜，身姿婀娜，纤纤玉指，采摘着荇菜。一个青春少年，惊艳于这少女春容的娇媚，心动于她窈窕的身姿，对她一见钟情。此后，这个男子沉浸于对女子的相思和爱情的憧憬里。

"寤寐求之""辗转反侧"。白天劳作，满脑子都是她的影子，夜晚睡不着，心上也全都是她的影子。这是一种甜蜜的煎熬，是一种无尽的折磨。

相思太深，相思太苦，需要从痛苦中找到出口，便有了美好的想象。想象自己最终娶她为妻，"琴瑟友之""钟鼓乐之"，可以在琴瑟声中亲近她，在钟鼓声中愉悦她，可以有情人终成眷属，有一场盛大的婚礼。

从水边邂逅，到辗转相思，再到琴瑟和鸣，爱情是必要经历这一番波折的，得之弥艰，才爱之弥深。

荇菜

葛覃

葛之覃兮，施于中谷，维叶萋萋。黄鸟于飞，集于灌木，其鸣喈喈。

葛之覃兮，施于中谷，维叶莫莫。是刈是濩，为绤为绤，服之无斁。

言告师氏，言告言归。薄污我私，薄澣我衣。害澣害否？归宁父母。

葛：多年生草本植物，花紫红色，茎可做绳，纤维可织葛布。

覃：本指延长之意，此指蔓生之藤。 施：蔓延。

萋萋：茂盛貌。 喈喈：鸟鸣声。

刈：斩，割。 濩：煮。此指将葛放在水中煮。

绤：细的葛纤维织的布。 绤：粗的葛纤维织的布。

服：穿。 斁：厌倦。 师氏：类似管家奴隶，或指保姆。
一说女师。

归：本指出嫁，亦可指回娘家。

澣：浣，洗。 衣：上曰衣，下曰裳。此指外衣，或曰为礼服。

归宁：出嫁后回家慰安父母，或出嫁以安父母之心。

赏析

　　这是一首归宁前的欢乐之歌，吟唱着出嫁女儿待归的急切与喜悦。

　　葳蕤的葛藤叶子，染碧了漫山遍谷，调皮的黄雀，扑棱棱飞来。鸣声"喈喈"，响彻寂静的旷野，随风滑进灌木丛的深处。莹碧的葛藤间，隐现出少女飘忽的身影，她割着葛藤，唱着欢快的歌，和黄雀的鸣叫声汇在一起，在萋萋满谷的葛藤间摇落。

　　满山沟的绿，满山沟的风，聚落的黄雀，瓦蓝的天空，明媚的阳光，像鸟又像风的少女动感起伏的身姿，远古女子愉快的劳作场景，凝成山间明媚生动的画卷。

　　她弯腰"刈"藤，回家"濩"葛，煮葛、织作，织成一匹匹飘拂的葛布。然后，在铜镜前披着这"绤绤"，喜滋滋试穿，百试不厌，一句"服之无斁"，透露着辛勤劳作后无限的快慰和自豪。

　　这两章写的是归宁前所思。她所想到的是她繁忙的日常？是她少女时期最生动美好的记忆？还是夸耀她作为女子的熟稔女红，勤劳节用的妇德？我们不得而知。但我们知道，她要归宁了，这是一个出嫁女子内心里隆重的节日，这份喜悦是需要分享的。

　　后一章是向"师氏"的倾诉。情急的女主人公，带着羞涩和抑制不住的喜悦，急切地碎碎念，已经跟公婆告了假，接下来，洗洗内衣，洗洗外褂，要穿得齐齐整整的，自己在婆家勤劳能干，事事安排妥帖，终于可以放心地"归宁"了。

　　那一个归宁的女子，她躬俭节用，勤劳贞顺，娴于妇工，足以令夫家爱怜，令母家安慰了。

卷耳

采采卷耳，不盈顷筐。嗟我怀人，寘彼周行。

陟彼崔嵬，我马虺隤。我姑酌彼金罍，维以不永怀。

陟彼高冈，我马玄黄。我姑酌彼兕觥，维以不永伤。

陟彼砠矣，我马瘏矣。我仆痡矣，云何吁矣！

卷耳：野菜名，今名苍耳，石竹科一年生草本植物，籽可入药。

寘：同"置"，放，搁置。　周行：环绕的道路，特指大道。

陟：登高。　崔嵬：高而不平的土石山。

虺隤：腿软无力的样子。　金罍：青铜做的酒器。

玄黄：本是黑马，病久而出现黄斑。

兕觥：形似伏着的犀牛的饮酒器。

砠：有土的石山。　瘏：因劳致病，马疲病不能前行。

痡：因劳致病，人过度疲劳而不能走路。

赏析

千古怀人之作，自卷耳开始。

鲜嫩卷耳，田畴旷野，随风生长，可作试盘的春菜，可解病痛饥饿。

夫出行役，经年未归。春又来，卷耳又生，闺中少妇，挽着浅筐，采摘了很久，却总也装不满浅筐，忧思难禁，索性放下不采，将浅筐丢在大道上。

恍惚间，她仿佛看见，丈夫此时，行进在崔嵬的山间，旅途艰险，途中是"崔嵬""高冈""砠"，全是乱石山岗；旅途痛苦疲惫，连马都变得"虺隤""玄黄""瘏矣"，又病又伤；然而，山险马病，都抵不过他内心的困苦伤痛，他只能"我姑酌彼金罍""我姑酌彼兕觥"，借酒消愁，满怀思归的惆怅与悲愁。

时空阻隔，某时某刻，两人心念相通，各自悲苦。

思念若卷耳，深藏着人类无能为力的悲苦离别，却又稀释成采卷耳的思妇恍惚忧伤的一刹那。

卷耳

桃花

桃夭

桃之夭夭，灼灼其华。之子于归，宜其室家。
桃之夭夭，有蕡其实。之子于归，宜其家室。
fén
桃之夭夭，其叶蓁蓁。之子于归，宜其家人。
zhēn

夭夭：花朵怒放，茂盛美丽，生机勃勃的样子。

灼灼：花朵色彩鲜艳如火，明亮鲜艳的样子。　华：同"花"。

之子：这位姑娘。　于归：姑娘出嫁。

宜：和顺、亲善。　室家：家庭，此指夫家。

有蕡：即蕡蕡，草木结实很多的样子。

蓁蓁：树叶繁密的样子。这里形容桃叶茂盛。

赏析

桃花色最艳，新嫁娘最美。

以"桃花"喻少女，此比兴一出，开千古辞赋咏美人之祖。自此，多少诗篇词章，漫染了桃花色。

这是一首颂婚词，每一章的前两句是对一个女子美丽纯洁的歌颂，后两句是对她婚姻幸福的祝愿。

"桃之夭夭，灼灼其华"，一开篇，便桃色妖娆，满眼灼灼，艳丽绝伦。流溢出少女的馨香，洋溢着青春的气息。"有蕡其实"，桃色艳美，桃实将熟，红白相间，仿佛能见其色，嗅其香。两个年轻丰美的生命，从此纠缠、繁衍，有了美好的相守，日子也是活色生香的。"其叶蓁蓁"，桃叶繁茂，那低垂的桃实和浓密的绿荫，汇成一幅"绿叶成荫子满枝"的喜悦图景，仿佛能够想见新婚之后，多子多福。

从桃花灼灼，到桃实硕圆，再到子满枝，是一个出嫁女子的美满，她一定是"宜其家室"的。尘世中婚姻的幸福美好大抵如此。

芣苢

采采芣苢，薄言采之。采采芣苢，薄言有之。
^{fú yǐ}
采采芣苢，薄言掇之。采采芣苢，薄言捋之。
^{duō} ^{luō}
采采芣苢，薄言袺之。采采芣苢，薄言襭之。
^{jié} ^{xié}

芣苢：即车前子。叶子可食用，果实可以入药。

薄言：发语词，无义。这里主要起补充音节的作用。

掇：拾取，伸长了手去采。　捋：顺着茎成把地采取。

袺：一手提着衣襟兜着。　襭：把衣襟扎在衣带上，兜东西。

赏析

最简单的句子，最简单的过程，最简单的动作，反复吟唱着"采芣苢啊，采到了；采芣苢啊，拾起来；采芣苢啊，捋下来；采芣苢啊，兜起来；采芣苢啊，掖上衣带"。三章十二句，只有六个动词"采、有、掇、捋、袺、襭"是不断变化的。

芣苢，就是车前子，是最普通不过的长满郊野的植物，在乡下甚至有最粗俗的名字——猪耳朵草，从药理上论，才有了"车前子"这样比较雅致的名字。

春天来了，它温和踏实地长满郊野，细瘦的花茎开着淡紫色的几乎让人漠视的花，三五个农妇，手挽着竹篮，于平畴绣野采摘车前子的嫩芽，在郊外的长风中，唱起这简单欢快的歌。郊外日暖而生香，歌渺而生静，大自然以潋滟的波痕，灿然的日光，起伏的风潮来回应。

于是，能够听到的只是一种平实朴素的欢喜，它驱散了单调劳动的乏味，带走了日常烦琐的牵累，于手的机械采摘中，体验劳动的快乐，于汗水的悄然滑落里，体验疲惫的收获的畅然，并在自己的歌声里，听到远古神秘的与自然息息相关的归属和融合的快感。

尘世里，有一种最普通的草，叫车前子，先民们有最简单知足的心，叫欢喜心。他们懂得了，日子艰难辛苦，却也是满足的，快乐的。

芣苢

汉广

南有乔木，不可休思。汉有游女，不可求思。

汉之广矣，不可泳思。江之永矣，不可方思。

翘翘错薪，言刈其楚。之子于归，言秣其马。
mò

汉之广矣，不可泳思。江之永矣，不可方思。

翘翘错薪，言刈其蒌。之子于归，言秣其驹。
lóu

汉之广矣，不可泳思。江之永矣，不可方思。

休思：休息。休，止息也；思，语气助词，没有实义。

汉：指汉水。　游女：出游的女子，一说指汉水女神。

江：指长江。　永：水流很长，同时有江水浩大之意。

方：渡河的木排。这里指乘筏渡河。

翘翘：众也，秀起之貌。　错薪：杂乱的柴草。

言：语气词。　刈：割。

楚：灌木名，即牡荆，古代嫁娶认楚薪作火把，刈楚喻嫁娶。

归：嫁。秣：喂马。　蒌：蒌蒿，嫩时可食，老则为薪。

赏析

　　一个粗粗拉拉的樵夫，他有一颗柔软细腻的心，他热恋着一位美丽的姑娘，但他知道他不可能追求得到她。

　　在青年樵夫的心目中，姑娘是"南方的乔木"、是"汉水的游女"，是可望不可即的。她与他之间仿佛隔着迢迢的汉水，首章的四个"不可"，淋漓尽致地传达出小伙子内心的无望。

　　然而，他对她的渴慕思恋，如此炽烈。让他欲罢不能，情难自已。于是，二三两章反复描绘着他痴情的幻想：如果这个女子能够嫁给他，他甘心替她喂马，给她当马夫，驾车去迎她。为她砍下最好的柴薪，为她刈下最嫩的白蒿。青年樵夫的一腔赤诚叫人动容，可现实中的"汉之广""江之永"，只能让他跌落进幻灭和失望的深渊。他只能面对着浩渺的江水，倾诉自己满怀的惆怅，渺渺的汉水无声地和着，空空地回应着，从先民的嗓子里生长出来的是粗粝而温柔的牵痛，传达着一种婉转深挚的忧伤。

　　这份辗转于失望与希望的凄伤，和着丰盛的水草，渺渺的汉水，带着水气的长风，让人毫无防备地跌落进先民缱绻忧伤的情愫中。

汝坟

遵彼汝坟，伐其条枚。未见君子，惄如调饥。

遵彼汝坟，伐其条肄。既见君子，不我遐弃。

鲂鱼赪尾，王室如燬。虽则如燬，父母孔迩。

遵：循，沿。 汝坟：汝水河堤。汝水源出河南，又称汝河。

条枚：山楸树。一说树干（枝曰条，干曰枚）。

君子：此指在王朝服役或为官的丈夫。

惄：饥或忧。 调：通"朝"，早晨。

肄：树木所伐后新生的枝条。 遐弃：远远抛弃。

鲂鱼：鳊鱼。 赪：赤红。鲂鱼红尾，俗称"火烧鳊"。

燬：焚，酷烈。此处形容周王室的危急。

父母孔迩：意思是赡养父母是更紧迫的事，孔迩，很近。

赏析

西周末年，恰是国乱政暴之际，战祸不退，饥馑不完，老百姓只能是风里、雨里、水里、火里备受煎熬。而战祸起时，许多的壮年男丁，被迫去征伐。非但征伐凶险，去国别乡，水土不服，风餐露宿……哪一样都可能抛骨异乡。

汝水边的河堤上，一个妇人在采伐木枝。她心不在焉地砍伐着山楸的枝干和枝条，对丈夫的忧思想念，"惄如调饥"，就像没有早饭吃，饿着肚子般的痛苦煎熬。而她的丈夫被朝廷拉去服役，逃难归来，在一个清露打湿了山楸叶的清晨，和砍柴的妻子

鲂

相遇在汝堤上，妻子悲喜交集，备觉欣幸：丈夫回到自己的身边，
从此再也不会抛下她了。

尽管是乱世，是暴政，父母就在自己的身边，一家人在苦难
中仍乐聚天伦，这份得之不易的完满，潜入苍茫的世事，于千年
离别的婆娑泪眼中，点亮了别后相聚的希望，给苦盼的人们以些
微暖意。

召 南

　　《召南》的命名历来有不同的说法，多认为采集于召公奭分治的封邑，因其地域偏南。

采蘩

于以采蘩^{fán}？于沼于沚^{zhǐ}。于以用之？公侯之事。

于以采蘩，于涧之中。于以用之，公侯之宫。

被之僮僮^{bì tóng}，夙夜在公。被之祁祁^{qí}，薄言还归。

于以：问词，往哪儿。一说语助。　蘩：白蒿。

沼：沼泽。沚：水中的小块陆地。　事：此指祭祀。

被：同"髲"。披戴的发饰，相当于今之假发。

僮僮：首饰盛貌，一说高而蓬松，又说光洁不坏貌。

夙：早。　在公：在公侯家做事（祭祀）。

祁祁：形容首饰盛，一说舒迟貌。这里用为众多之意。

薄：同"迫"，匆匆忙忙。

赏析

　　蘩，就是白蒿，也是一种在舌尖上辗转了几千年的野味，盛年可作佐食，凉拌清炒皆可。荒年可以充饥，是可救命之物。它和艾蒿、茼蒿一样，本身有着朴拙的清香。一位女宫人，她辛勤地采蘩，晒干后在祭祀上焚烧。

　　她是非常忙碌的，往来于池塘、溪涧之间，不停地采摘白蒿，采够了，就急急忙忙地送去"公侯之宫"。她的身影穿梭于往来的途中，对于询问者好奇的追问，在哪里采白蒿？采白蒿有什么用？她只是匆匆地一语解答，没有停下奔忙于采摘的飘忽步履。

　　繁忙的野外采摘结束了，接下来就是更加忙碌的宗庙祭祀。

据《周礼·春官宗伯》"世妇"注疏，在祭祀"前三日"，女宫人便得夜夜"宿"于宫中，以从事洗涤祭器、蒸煮"粢盛"等杂务。采蘩的女宫人早早晚晚都在参加祭祀活动，她打扮得很隆重漂亮，戴上光洁黑亮的发饰，妆容严整，没日没夜地忙碌。一直到祭祀完毕，才匆匆回到家里。

极庄重肃穆的祭祀，极度的辛苦和忙碌，以一种敬畏之心，让天地鬼神享用人世间最朴拙的香味，这何尝不是一种灵魂的洗涤、无声的教化。

我想那归去的女宫人的心里，也许，云正初开，月正初升，所有对美好的希冀，正初开启。

蕨

草虫

yāo 嘤嘤草虫，趯趯阜螽^{tì fù zhōng}。未见君子，忧心忡忡^{chōng}。亦既见止，亦既觏^{gòu}止，我心则降。

陟^{zhì}彼南山，言采其蕨。未见君子，忧心惙惙^{chuò}。亦既见止，亦既觏止，我心则说^{yuè}。

陟彼南山，言采其薇。未见君子，我心伤悲。亦既见止，亦既觏止，我心则夷。

草虫：一种能叫的蝗虫，蝈蝈儿。　嘤嘤：虫鸣声。

趯趯：昆虫跳跃之状。　阜螽：即蚱蜢，一种蝗虫，诗人暗示此时为秋天。　忡忡：犹冲冲，形容心绪不安。

觏：遇见。　降：悦服，平静。　陟：升、登。

蕨：蕨菜，凤尾蕨科草本植物，嫩叶可食。

惙惙：愁苦的样子。　说：通"悦"，高兴。

薇：即巢菜，豆科草本植物，嫩苗可食。　夷：平，此指心情平静。

赏析

秋天来了，草木零落，树叶枯黄，秋风带着凉意，一阵阵袭来，最易让人惹上离愁别绪，更何况还有紧促的草虫的鸣叫，欢腾蹦跳的蚱蜢，撩拨起女子心头对远行人深切的相思。

这满眼的秋色让她悲，这孤独的环境让她愁，这恼人的思念让人忧，为了排遣心中的忧思，她提起篮子登上了南山，春天到了，她上山去采蕨，夏天来了，她上山去采薇。蕨和薇都是一种野菜，蕨菜又叫野蒜苗，春天刚长出时，叶可煮食，薇也叫野豌豆苗，夏季茎叶柔嫩，可煮食，也可凉拌。当然，"陟彼南山"也并非为了采蕨，采薇。她是借此来排遣终日的忧思，更是为了登高远眺，看看能否见到丈夫归来的身影，但是，"不思量，自难忘"，结果是"离愁恰如春草，更行更远还生"。

从秋到春，再到夏，堪堪就是一年，思念也在与日俱增。本来，"未见君子"，只是"忧心忡忡"，到了春天，已经是"忧心惙惙"，心情很凝重了，到了春夏之交，只剩下"我心伤悲"，已是悲痛无语，无以复加了！随着时间的推移，她内心深切地思念，变得焦虑不安，悲伤不已，难以名状地备受煎熬。

秋景触动伤情，忧思难以排遣，只能徒然幻想着相见的喜悦：终于见到了久久思念的丈夫，依偎在他的身边，一切的忧愁烟消云散。"我心则降""我心则悦""我心则夷"，她的心由担忧到安然，由牵挂到喜悦，由忧愁到欢欣。然而，一切虚幻的快乐，照见的都是现实的凄凉，一切相见喜悦的虚妄，照见的都是女子内心忧思的深重。

一个思念远人的女子，内心里缠绵跌宕的情思，是一首深情的回文诗，怎么也读不完，是一首绵长的三叠曲，怎么也唱不尽。

蘋　　　　　　　　　　　　　　　　　　　　　藻

采蘋

于以采蘋^{pín}？ 南涧之滨。于以采藻？ 于彼行潦^{háng lǎo}。
于以盛之？ 维筐及筥^{jǔ}。于以湘之？ 维锜及釜^{qí}。
于以奠之？ 宗室牖下。谁其尸之？ 有齐季女^{zhāi}。

蘋：即水生浮萍。　于以：犹言"于何"，在何处。

行潦：流动的浅水。　筥：圆形的竹器。方称筐，圆称筥。

湘：烹煮供祭祀用的牛羊等。　锜：三足釜。　釜：炊具。

宗室：宗庙、祠堂。　尸：主持祭祀。古祭祀用人充当神，称尸。

齐："斋"的假借字。　季女：少女。

赏析

王质在《诗总闻》中说蘋藻"脱根于水，至洁"。一个待嫁的少女采摘蘋藻，去祭祀祖先，表达自己虔诚的心意。

古代女子出嫁前三个月，须在宗室进行一次教育，"教以妇德、妇言、妇容、妇功。教成之祭，牲用鱼，芼之以蘋藻，所以成妇顺也。"她不辞辛劳，不畏路远，从南山之麓的溪水旁，到很远的水畔或者浅池塘，四处采摘着浮萍和水藻，她愿意付出辛劳告慰祖先，来笃定即将到来的幸福。

她用方的筐，圆的筥把采摘的浮萍和水藻装回家，放在锅里加以烹煮，精心加以调制，对婚前祭祖一事，她丝毫不敢怠慢和马虎。最后，她亲自将烹制好的祭品放在宗庙的天窗之下，并向祖先祭祷。

采蘋、烹煮、祭祖，每个环节都一丝不苟，"盛之、湘之、奠之、尸之"，每个步骤都郑重其事，不仅是对祖先的虔诚，更是对自己真挚爱情的珍重，对婚后幸福生活的祈祷。

一个待嫁少女完成了她生命中最重要的一次仪式，她准备好了，可以出嫁了，她是枝头的那朵恰好可以摘下的花。

行露

厌浥行露，岂不夙夜？谓行多露。
（yè yì háng）（sù）

谁谓雀无角？何以穿我屋？谁谓女无家？
（rǔ）

何以速我狱？虽速我狱，室家不足！

谁谓鼠无牙？何以穿我墉？谁谓女无家？
（yōng）

何以速我讼？虽速我讼，亦不女从！
（rǔ）

厌浥：水盛多，潮湿貌。　行露：道路上的露水。行，道路。

夙夜：早夜。指早起赶路。

谓：可能是"畏"之假借，意指害怕行道多露。　角：鸟喙。

女：同"汝"，你。　无家：没有成家，没有妻室。

速我狱：使我吃官司。速，招，致；狱，案件，打官司。

墉：墙。　女从：听从你，即从你。

赏析

　　一个已有妻室的男子，看中了一个姑娘，竟生了聘娶之意，且蛮横无理地要以打官司来要挟她，姑娘对这个男子非常憎恶、讨厌，但没有直接骂过去，而是打了三个绝妙的譬喻。

　　譬如自己很想起早赶路，但天寒露凉，容易打湿了衣衫和鞋袜。作为一个弱女子，不是不想早些婚配，只是难免会遇到恶人的欺凌。"厌浥行露"，四个字里饱含着一个弱女子多少的悲愤感慨！譬如麻雀和老鼠，它们虽然有尖牙利嘴，但凭什么要啄穿我的房？打通我的墙？雀有嘴而无穿我屋之理，鼠有牙而无穿我墙之理，而你有妻，自然也没有致我陷狱，使我遭诉讼之理。

这是对恶人卑劣行径、丑恶邪念的无情控诉。同时，她也义正辞严地表明了自己的态度：即使你要让我陷狱，使我遭受诉讼，我也绝不会屈从你！斩钉截铁，气概凛然，态度坚决！

其实麻雀也有"会飞的老鼠"之称，我们的先民，在遇到下流、卑劣之徒的时候，自然而然地想到了鼠类的形象，这声声忍无可忍的怒斥，从"风"的尽头来，又回到"风"的尽头去。

雀

摽有梅

摽有梅，其实七兮。求我庶士，迨其吉兮！

摽有梅，其实三兮。求我庶士，迨其今兮！

摽有梅，顷筐塈之。求我庶士，迨其谓之！

摽：一说坠落，一说掷、抛。　有：语助词。

其实七兮：树上还有七成，非实数。

庶士：众多青年。　迨其吉兮：趁着这美好的时光。

顷筐：斜口浅筐，犹今之簸箕。　塈：一说取，一说给。

谓：一说聚会；一说开口说话；一说归，嫁。

赏析

梅子熟了，正是春末夏初，春光匆促，芳华易逝，就像女子短暂的青春，流光容易把人抛。一个情窦初开的姑娘，她急着找到心上人，大胆地追求自己的爱情。

在一次欢会上，小伙子众多，她却没找到自己的意中人，想到自己早已经是待嫁之年，不禁情急意迫，以梅子自比，"其实七兮""其实三兮""顷筐塈之"，梅子落得只剩下七成，只剩下三成，最后只能用簸箕去收了。梅子落尽，青春流逝，为何众多的青年还不赶紧来追求她啊！有花堪折直须折，莫待花落空折枝啊！

她期待着自己的意中人赶快出现，一开始尚且"迨其吉兮"，等待着一个好时机，后来又"迨其今之"，希望今天就是良辰佳日，得遇良人，最后是"迨其谓兮"，就在这一刻，就在这次欢会上，能够有小伙子开口追求她！

她是急切的，也是矜持的，她渴望有小伙子来追求她，却也只能一再地暗示，她等待着爱情的降临，也希望在爱情里她是有自尊的。

她纯真炽热的心让人感动，稚拙焦急的样子让人生怜，等待被爱的窘态让人疼惜，她就是闪耀着鲜嫩光泽的枝头梅子，酸甜可人。

梅

江有汜

江有汜（sì），之子归，不我以。不我以，其后也悔。
江有渚（zhǔ），之子归，不我与。不我与，其后也处。
江有沱（tuó），之子归，不我过。不我过，其啸也歌。

江：喻男子。　汜：由主流分出而复汇合的河水。

不我以：为"不以我"的倒文，不带我。

渚：水中小洲。　不我与：不与我相聚。

处：忧愁。实为"鼠"。《诗经·小雅·雨无正》"鼠思泣血"，
鼠思，忧思也。　过：至也。一说度。

沱：古解为支流，此处当解为江湾回流处，可泊船。

啸：一说蹙口出声，一说号哭。

赏析

一个痴情的弃妇，一个薄情的商人。

商人在经商的地方娶了妻，离开江沱返回家乡时将她遗弃了，
她满怀哀怨，唱出这首歌来安慰自己，痴心地以为商人会为此痛
悔，回到她的身边。

江水滔滔，浩浩汤汤地一泻千里，逶迤中便有了许多的"汜、
渚、沱"这样的支流，江水别出，恰如男子情爱旁移，"二三其德"，
更何况"商人重利轻别离"。

这个商人对她是绝情的，"不我以""不我与""不我过"，
他不和我亲近，不与我偕行，甚至看见我的庐舍，也有意避开，

不打这里经过。他在感情上如此吝啬，对她可谓恩尽义绝，薄情寡义。可是她却以为这只是他一时的糊涂，"其后也悔""其后也处""其啸也歌"，随着时间的推移，她的丈夫会认识到"新人不如故"，他会痛苦悔恨、忧伤病苦的，甚至还会痛哭流涕的。

　　事实上，这可能是弃妇一厢情愿的臆想，等一个背叛的人回头，到最后会不会只是沧桑了岁月，感动了自己？

麕

野有死麕

野有死麕^{jūn}，白茅包之。有女怀春，吉士诱之。

林有朴樕^{sù}，野有死鹿。白茅纯束，有女如玉。

舒而脱^{tuì}脱兮！无感^{hàn}我帨^{shuì}兮，无使尨^{máng}也吠！

麕：同"麇（jūn）"獐子。鹿的一种，无角。

怀春：思春，男女情欲萌动。　吉士：男子的美称。

朴樕：小槲树。叶、花、实皆类橡树。　纯束：包、裹的意思。

舒：舒缓。　脱脱：这里指动作文雅舒缓。

感：通"撼"，动摇。　帨：佩巾，系在女子腹前，如今日之围裙。　尨：多毛的狗。

赏析

　　这是一首大胆的情诗。写了一段富有山野风味的恋爱史。

　　一个勇武豪放的小伙，在打猎的时候，遇到一个农家姑娘。两个人一见钟情。"野有死麕，白茅包之"，白茅是一种草本植物，根茎嫩白柔韧，很容易让人联想到姑娘的纯洁。一位"吉士"爱上一个纯洁美丽的姑娘，这是很自然的事。更何况豆蔻年华，正是怀春的年纪，小伙子又"诱之"，对她大胆地挑逗，怎不让姑娘动心呢？

　　接下来便是一次林中的约会。小伙子去打猎，姑娘去砍柴，两个人不期而遇，抑或打猎砍柴本就是狡黠的借口，在遍布着矮小的灌木的小树林里，小伙子猎获了野鹿，姑娘也拾了一堆柴禾。

小伙子把野鹿送给姑娘，这是小伙子勇武有力的最好的证据，也是关于捕获的一种暗示么？姑娘没有拒绝，小伙子欢天喜地地用白茅把野鹿和柴禾捆在了一起，一路相送，并大胆提出了下一次的幽会。

最后是他们夜间的幽会，小伙子是大胆、热烈、直接的，而姑娘却是激动、慌乱、担忧的。"舒而脱脱兮，无感我帨兮，无使尨也吠。"你慢一点呀，不要弄坏我的围裙，轻一点，别叫狗儿叫呀。小伙子情不可抑，姑娘却谨慎羞涩。在年轻的心胸里，爱是火热的熔岩。

《诗经》是大圣人孔子删定的，他删来删去，也终究没有删掉那些被后世的伦理道德重重掩盖的人性本真的诗，留下了有人间烟火味的男女欢爱。如果我们一定要戴着道学家、儒学家和经学家们的眼镜来看，就会看得模糊而扭曲。曲解了孔子保留这点烟火的深意。

让我们循着风的方向，在远古的郊外，蜕落成一只树间的栖鸟，祝福并微笑吧。

龙

邶风

　　《邶风》即邶地的歌谣。周武王伐纣后，认殷都朝歌以北为邶国，不久并于卫（三家诗中"邶、鄘、卫"为一卷）。故"邶"仅指地名。"邶风"其实为"卫风"。

柏舟

汎彼柏舟，亦汎其流。耿耿不寐，如有隐忧。微我无酒，以敖以游。

我心匪鉴，不可以茹。亦有兄弟，不可以据。薄言往愬，逢彼之怒。

我心匪石，不可转也。我心匪席，不可卷也。威仪棣棣，不可选也。

忧心悄悄，愠于群小。觏闵既多，受侮不少。静言思之，寤辟有摽。

日居月诸，胡迭而微？心之忧矣，如匪澣衣。静言思之，不能奋飞。

泛：浮行，随水冲走。　茹：含，容纳。　据：依靠。

薄言：语助词。　愬：同"诉"，告诉。

棣棣：雍容娴雅貌；一说丰富盛多的样子。

选：通"巽"，屈挠退让。　悄悄：忧愁貌。

愠：恼怒，怨恨。　觏：同"遘"，遭逢。　闵：忧患。

寤辟有摽：双手互捶打胸口。　寤，交互。　辟，通"擗"，捶胸。

迭：更替、轮流。　微：指隐微无光。

如匪澣衣：喻心情不安，内心如洗衣反复揉搓。匪，通"彼"。

赏析

这首诗历来争议颇多。

是自己受"群小"所制，不能奋飞，又不甘心退让，因而满腔怨愤，只能通过这委婉的歌词来倾诉？还是君子失意于君？是寡妇矢志不嫁，还是妇人不得志于夫？

姑且看作是妇人的口吻。一个在暗夜里辗转难眠的女子，如漂荡在水上的柏木舟，虽然坚固牢实，却无所依傍。她的"隐忧"既非饮酒所能忘，也非遨游所能避，忧痛至深，难以消解。她的心，不可能像青铜镜那样，不分善恶美丑，容纳一切，渴望能有人分担，有人倾诉。于是，首先想到自己的手足兄弟。谁料却是"不可以据"，无法靠得住，恰又"逢彼之怒"，真是旧愁未去，又添新堵。

她只能一个人反躬自省。"我心匪石，不可转也。我心匪席，不可卷也"，这是后世经常用的句子，堪称经典。一个人的心，不是石块，任人想翻就翻，不是芦席，任人想卷就卷。一定要保持自己的威仪和尊严，绝不妥协退让。

日月，本是光明耀眼的，在妇人的心里，却变得晦暗不明，因为她内心的愁苦纠结难去，就像堆积着许多未洗净的脏衣服。她渴望像飞鸟那样自由自在地飞翔，却被困在这忧愁怨恨中，难以挣脱。

她的忧，无以诉，无以泻，无以解。

绿衣

绿兮衣兮，绿衣黄里。心之忧矣，曷^{hé}维其已！

绿兮衣兮，绿衣黄裳。心之忧矣，曷维其亡！

绿兮丝兮，女^{rǔ}所治兮。我思古人，俾^{bǐ}无訧^{yóu}兮！

绤^{chī}兮绤^{xì}兮，凄其以风。我思古人，实获我心！

衣、里、裳：上曰衣，下曰裳；外曰衣，内曰里。

曷维其已：何时能停止忧伤。　亡：用作"忘"，忘记。

古人：故人，指亡妻。　俾：使。

訧：古同"尤"，过失，罪过。

绤：细葛布。　绤：粗葛布。　凄：凉意。

赏析

这是一首痛悼亡妻的诗。几千年前的某个秋天，西风渐紧，凉意侵袭，一个男子打开了木柜，为自己找件御寒的衣裳。一眼看见了妻子生前为他缝制的绿色的夹衣。他把绿衣服打开，翻里翻面，仔细地看，往事一幕幕涌上心头，他不禁悲从中来，忧伤不已。

他又仔细地看着绿衣服上绿丝线织成的针脚，眼前幻化出妻子在房内飞针走线地制衣，夙兴夜寐地操劳，家里家外地操持。更难能可贵的是，妻子生前经常在一些事情上规劝他，使他避免了不少的过失。作为人妻，她贤惠又能干，有头脑有见识，他们是生活上的伴侣，也是心灵相依的知己。

如今，西风凄紧，他还穿着夏天的葛衣，妻子活着的时候，四季衣物，何曾要他操心，妻子已去，再也没有人关心他的冷暖。斯人已逝，所制的衣服尚在，细密的针线，如此的合身，更觉妻子事事合他的心意，更勾起了他失去贤妻的无限悲恸。

《诗经》即使在说悲的时候，也还是在说美，女子的勤、俭、贤、德之美，正是让这个男子悲不自胜的根源，这应该既是对亡妻的悲悼，也是对美的追慕，美与恸给我们以双重的震撼，有多美，有多恸。

蓬

燕燕

燕燕于飞，差池其羽。之子于归，远送于野。
瞻望弗及，泣涕如雨。燕燕于飞，颉之颃之。
之子于归，远于将之。瞻望弗及，伫立以泣。
燕燕于飞，下上其音。之子于归，远送于南。
瞻望弗及，实劳我心。仲氏任只，其心塞渊。
终温且惠，淑慎其身。先君之思，以勖寡人。

差池其羽：形容燕燕群飞，或以为燕子尾翼如剪。

于归：出嫁。　颉：上飞。颃：下飞。

将：送。　南：指卫国的南边。

仲氏任只：善良的二妹妹值得信任；或解为任姓第二女。

塞渊：诚实而深沉。　终：既。惠：和顺。

淑慎：美好而谨慎。　先君：已故的国君。或已故的父亲。

勖：勉励。　寡人：古代国君自称，意为寡德之人，送行者谦称。

赏析

　　这是一首送别诗。谁送谁，历来众说纷纭，《诗序》以为，卫庄姜送归妾。《郑笺》以为，卫庄姜送戴妫。宋人王质《诗总闻》以为，系卫女远嫁，其兄送别。

　　春郊如画，有双双的燕子在天上飞。燕子无知，不识人间离别苦，上下翔掠，左右追随，时而呢喃，时而徘徊，时而顾盼。

　　父亲去世，妹妹远嫁，同胞情深，今日送别，"远送于野"，送到郊外，送了一程又一程，依依难舍。妹妹的车马远去，兄长登高远望，不见车马，但见远去的烟尘，"泣涕如雨"，一时间泪如雨下，却只能掩面哭泣，悲痛不已。

此时，他回忆起二妹的美德："终温且惠""淑慎其身"，诚实、善良、温和、柔顺……临别时，还不忘执手赠言，莫忘先王的嘱托，成为好国君。这是他痛哭流涕的缘由。

"瞻望弗及""伫立以泣"，千古惜别，莫非如此。

燕

终风

终风且暴，顾我则笑，谑浪笑敖，中心是悼。

终风且霾，惠然肯来，莫往莫来，悠悠我思。

终风且曀，不日有曀，寤言不寐，愿言则嚏。

曀曀其阴，虺虺其雷，寤言不寐，愿言则怀。

终风：大风。　暴：急骤，猛烈。喻男子性情。　则：而。

谑浪笑敖：放浪调笑。　悼：悲伤。

霾：大风刮得尘土飞扬。　惠然：顺从的样子。

莫往莫来：不往来。　曀：阴云密布有风。

有曀：又曀。有，通"又"。　寤：醒着。　言：助词。

寐：睡着。　嚏：打喷嚏。民间有"打喷嚏，有人想"的谚语。

曀曀：天阴暗貌。　虺：雷始发之声，象声词。　怀：思念。

赏析

有时候觉得，《诗经》就是最千回百折的伤，无论两千五百年的时光怎样去熨平那些褶皱，还是会留下一些伤过的痕迹。

这是一位妇人写她被男子玩弄嘲笑后遭弃的诗。一个敦厚、善良的妇人，遇到一个粗野、轻狂的男子，这个男子的性格"且暴""且霾""且曀""其阴""其雷"，恰如狂风、暴雨、天阴、响雷一样，反复无常。他善于伪装自己，"顾我则笑"，一见到她就笑了。见面的时候总是温和、顺从的。让天真、幼稚的女子投入了他的怀抱。但他得到她之后，或肆意轻狂，调戏胡闹，或另觅新欢不再来。

这样一位性格暴烈、朝秦暮楚的男子，让她内心伤悲，辗转难眠，她还是忍不住思念着这个伪君子，希望他早日悔悟，回到自己的身边。

爱上一个怎样的人，是一种宿命。一再地痴心，只能是错付。痴情并非永远值得称道，低到尘埃里的爱对自己只是伤害。

荠

击鼓

击鼓其镗，踊跃用兵。土国城漕，我独南行。

从孙子仲，平陈与宋。不我以归，忧心有忡。

爰居爰处？爰丧其马？于以求之？于林之下。

死生契阔，与子成说。执子之手，与子偕老。

于嗟阔兮，不我活兮。于嗟洵兮，不我信兮。

镗：鼓声。　其镗，即"镗镗"。

土国城漕：土，挖土。国，指都城。城，修城。漕，卫国的城市名。

有忡：忡忡，忧虑不安的样子。　爰：哪里。　丧：丧失。

于以：在哪里。　契阔：聚散、离合的意思。契，合；阔，离。

活：借为"佸"，相会。　洵：久远。　信：守信，守约。

赏析

战乱四起，一个久戍不归的征夫，内心里有无限的怨恨和思念。

战鼓镗镗，战事吃紧，无数的役夫被征到国都和漕地挖土修筑城防，在一个即将奔赴前线的征夫眼里，这已经是非常幸运了，虽然辛劳，可以生活在国内，可以和亲人团聚，而自己却要南下出征，骨肉分离，生死未卜。假如，南行不久即归，也行，可南下跟随孙子仲，平陈与宋，难以短时间归乡，更不知能否归乡，不由得更添愁苦揪心。

征人先是在宿营地丢失了自己的马，又在山下的树林找到了他的马。马儿不愿受到羁束，喜欢自由驰骋，征人也不愿久役不归啊。他想起出征前，和妻子执手泣别，两人曾立下誓言，要"死生契阔""与子偕老"，这是乱世的苦难中唯一的奢侈的幸福，然而，战争中，连生死都无法把握，要实现两情相悦，白头偕老的爱情，不过是一句风中的谵语。

他们相隔得太远，可能无法再相见，他们分别得太久，可能此生无法实现诺言。

"死生契阔，与子成说。执子之手，与子偕老"，也许，最怨苦的心里才能野蛮生长出最真挚浪漫的爱情。

凯风

凯风自南，吹彼棘心。棘心夭夭，母氏劬劳。

凯风自南，吹彼棘薪。母氏甚善，我无令人。

爰有寒泉？在浚之下。有子七人，母氏劳苦。

睍睆黄鸟，载好其音。有子七人，莫慰母心。

凯风：和风。一说南风，夏天的风。　棘：落叶灌木，即酸枣。

夭夭：树木嫩壮貌。　劬劳：操劳。劬，辛苦。

棘薪：长到可以当柴烧的酸枣树。　令：善，好。

爰：何处。　浚：卫国地名。　睍睆：鸟儿宛转的鸣叫声。

黄鸟：黄雀。　载：传载，载送。

赏析

"南风长养，万物喜乐，故曰凯风。"

农历四五月间，习习南风吹来，花草树木，蓊郁葱翠。

母亲，就是那化育万物的南风，精心地抚育孩子，孩子就像
是南风吹拂下的酸枣树，嫩嫩的棘心，在南风里抽了一片一片的
新芽，渐渐地长大。勤劳善良的母亲为抚养孩子无比辛劳，而孩
子们反躬自省，觉得自己不成器，长成了当柴烧的棘薪。

寒泉在浚之下，犹能滋益于浚，母亲养了七子，却还叫母亲
如此辛劳；黄鸟鸣声好听，犹能悦人以音，母亲有子七人，却不
能慰悦母心。身为人子，情何以堪？

母对子深情抚育，子对母拳拳孝心。一片婉曲心意，哀转悱恻。

匏有苦叶

匏(páo)有苦叶，济有深涉。深则厉，浅则揭(qì)。
有弥(mí)济盈，有鹭(yǎo)雉鸣。济盈不濡轨，雉鸣求其牡。
雝(yōng)雝鸣雁，旭日始旦。士如归妻，迨(dài)冰未泮。
招招舟子，人涉卬(áng)否，人涉卬否，卬须我友。

匏：葫芦之类。　苦叶：枯叶。　济：水名。　涉：渡口。

厉：不解衣渡水。　揭：提起下衣渡水。　弥：大水茫茫。

盈：水盛满貌。　鹭：雌山鸡叫声。　濡：浸湿。

轨：车轴头。　牡：雄雉。　雝雝：大雁叫声和谐。

迨：及，等到。　冰泮：指冰融化。　人涉：他人要渡河。

卬：代词，表示"我"。　否：不（渡河）。

须：等待。　友：指爱侣。

赏析

　　一个秋天的清晨，红彤彤的太阳刚刚升起来，照在茫茫无际的济水上，洒下万点荧光，匏瓜的叶子已经枯落，丰盈的济水仿佛要漫过岸边，天边划过一行雁影，边飞边叫。

　　一个姑娘在济水边等待她的心上人，柔肠九转。

　　瓠瓜已熟，时序已入秋。《孔子家语》里说"霜降而妇功成，嫁娶者行焉；冰泮而农业起，昏（婚）礼杀（止）于此"，秋天是举行婚礼的时节，到了济水冰封，冬天来临，就要停止举办婚礼了。所以，心上人啊，水深就在腰间拴个葫芦泅过来，水浅就提起裙角趟过来。

她这是担心心上人不肯克服万难，深厉浅揭地渡过来，好在济水并不太深，还不能漫过车轴。

　　岸边草丛中，野鸡的叫声响彻了渡口，这求偶的鸣叫更触动了姑娘的心事。她担心心上人不能及时来提亲，按照当时的婚礼规定，男方要在大清早到女方家去请求婚期，而纳采行聘都要用大雁。空中的阵阵雁鸣，怎不让姑娘心急如焚？

　　船夫看见了这个济水边徘徊的姑娘，招手叫她上船，她谢绝了，她要这里静静地等待。

　　等待是一种无法预期的美，那一点纠结的苦，也咂得出茉莉的清香。

式微

式微，式微，胡不归？微君之故，胡为乎中露！
式微，式微，胡不归？微君之躬，胡为乎泥中！

式：作语助词。 微：（日光）衰微，黄昏或天黑。
胡：向，为什么。 微君：非君，要不是君主。
中露：即露中。 微君之躬：如果不是为了养活你们。躬，身体。

赏析

周朝起于文、武，繁盛于成、康，其间四十多年刑措不用，乃是黄金时期。到了昭、穆以后，日渐衰微。之后，厉王被逐，幽王被杀，平王东迁，进入东周春秋时期。这个时候，王室衰微，诸侯争霸，夷狄入侵，整个社会都动荡不安，老百姓更是处于水深火热之中。

那些摇着木铎到民间去搜集民谣的采诗官，便将一些反映民间疾苦的民谣采回去，唱给天子听，可纵使天子能够了解民间的疾苦，又能如何呢？

"式微，式微"，天色渐晚，夜幕降临，每当此时，最能惹起征夫愁绪，"胡不归？"为什么不回家呢？在简简单单的一问一答中，才知道，是"微君之故""微君之躬"，因为统治者无休止的劳役，为了养活他们的贵体，这些役夫们才积年累月、昼夜不停地在露水和泥浆中奔波劳作。只用思念和无望的期盼来喂养苦涩的心。

这仅仅是天色的"式微"么，不也是一个朝代的"式微"吗？

白茅

静女

静女其姝（shū），俟我于城隅。爱而不见，搔首踟蹰。
静女其娈（luán），贻我彤管。彤管有炜（wěi），说怿（yì rǔ）女美。
自牧归荑（tí），洵美且异。匪女之为美，美人之贻。

静女：贞静娴雅之女。　姝：美好。　俟：等待。

爱："薆"的假借字，隐蔽，躲藏。　娈：面目姣好。

彤管：相赠的物品，说法不一。或红杆的笔，或红色管笛。

炜：有光彩。　说怿：喜悦。　女：汝，你。

归：借作"馈"，赠。　荑：白茅，茅之始生也。

洵：实在，诚然。

赏析

　　白茅，在旷野的风中箭立如矛，长出的新羽，又称"荑"，抽出的穗，洁白、温软而柔顺。生于野地，千万年间未曾改变过容貌和栖息的地域。是生生死死，却生机盎然的自然世界里的寄身者，从春到秋，在风中醉舞于男欢女爱的欢畅日子。

　　那是个白茅开满了旷野的日子，小伙子和姑娘在城角楼上约会，他的心里是欢愉、幸福的，甚至还有一点得意。因为，姑娘文静又美丽，在城角等着他。

　　到了约会的地点，却不见姑娘的身影，这可急坏了这个憨小伙，他忍不住抓耳挠腮，转来走去，不知所措。可见，他对姑娘是多么的深情和痴迷。其实姑娘早就来了，却故意悄悄躲了起来，这是一个天真、活泼、调皮的姑娘。

　　接下来，是一场美丽的赠予，姑娘终于露面了，为慰他惶急，赠他一支鲜艳的彤管，小伙子识趣、凑趣，接过彤管，说这彤管光彩焕然，真是太喜爱了！这是夸彤管还是夸姑娘，相爱的两个人最有灵犀了！

　　姑娘又拿出一支从牧场带回来的荑草赠给他，小伙子心花怒放，说这荑草实在是太美了！荑草不一定比彤管美，其实，小伙子要说的是，并不是荑草本身有多美，只因为是美人所赠的！一片诚挚、痴情尽在这句双关中。

　　如果，荑草也有花语，应该是：为真爱，何惧白头？直教生死不悔！

新台

新台有泚（cǐ），河水弥弥。燕婉之求，籧篨（qú chú）不鲜。
新台有洒（cuǐ），河水浼浼（měi）。燕婉之求，籧篨不殄（tiǎn）。
鱼网之设，鸿则离之。燕婉之求，得此戚施。

新台：台名，卫宣公为纳宣姜所筑行宫名。

有泚：鲜明的样子。　弥弥：水盛大的样子。

燕婉：指夫妇和好。燕，安；婉，顺。

籧篨：貌丑胸突之人。　有洒：高峻的样子。

浼浼：水盛大的样子。　殄：通"腆"，丰厚，美好。

鸿：指蛤蟆。　戚施：喻貌丑驼背之人。

赏析

　　两千七百多年前的齐国，美女倍出，继"巧笑倩兮，美目盼兮"的庄姜之后，齐僖公得了一对美貌的姐妹花，宣姜和文姜。宣姜是齐僖公的大女儿，是天生的尤物，美貌闻名于诸国。

　　那年夏天，卫国派来使臣，为俊美儒雅的太子伋求婚。伋的父亲便是臭名昭著的卫宣公，他和卫庄公的妃子夷姜私通生下了伋，即位之后，又索性将夷姜纳入后宫，并立伋为太子。

　　使臣见到了倾国倾城的宣姜，心念一动，便想将宣姜献给好色的卫宣公，为自己谋求进身之阶。君臣一合计，便在宣姜赴卫必经的黄河之滨建造了豪华的行宫——新台，作为藏娇之所。并将一心迎娶心上人的伋支到别国去。

黄河水浊浪滔滔，新台也巍峨华丽。宣姜抵达新台的当天，就举办了盛大的婚礼，宣姜满心喜悦，以为从此和伋偕老成悦。不料，满怀幸福洒下一张爱情的网，网上来的却是"籧篨""戚施"，待大红的盖头被揭开，她看到的是一个鸠胸驼背的癞蛤蟆。这是一场无法醒来的噩梦。

　　从此，那个纯真美丽的宣姜死了，代之以一个麻木势利、狠毒无情的卫宣姜夫人。婚姻的悲剧导致了一系列后宫的悲剧，直接影响了公元前 7 世纪初的东周历史，以致于有人写诗鞭挞："妖艳春秋首二姜，致令齐卫紊纲常，天生尤物殃人国，不及无盐佐伯王。"

桑扈

二子乘舟

二子乘舟，泛泛其景。愿言思子，中心养养^{yáng}！
二子乘舟，泛泛其逝。愿言思子，不瑕有害！

二子：即伋、寿，卫宣公的两个异母子。

泛泛：飘荡貌。　景：通"憬"，远行貌。　愿：思念貌。

养养：通"痒痒"，心中忧愁不定的样子。

不瑕：犹言"不无"，疑惑、揣测之词。

赏析

两个年轻人，登上了小船，在浩渺的河上漂荡，在蓝天之下，长河之中，逐渐远逝，送行的人仍伫立在岸边，牵挂着舟中人，忧心忡忡，时刻担心他们会不会在途中遇害。

但这注定是一条不归的天堂路，祸因早在新台就埋下了。

卫宣公强纳伋的未婚妻之后，生下了公子寿和公子朔，太子伋之母夷姜也自缢身亡，宣姜被立为夫人。她对太子伋因愧而生恨，和公子朔在卫宣公面前馋毁太子伋。而卫宣公夺媳为妻，因乱伦逆理，心怀鬼胎，也欲除之而后快。

恰好齐国要进攻纪国，请求卫国援助，卫宣公就派太子前往齐国约定会师日期，他让太子在自己乘坐的船上插上白色牛尾旗，派了杀手伪装成强盗，见到有白色牛尾标志的旗子便将船上的人杀掉。

这是个绝密的阴谋，被宣姜的大儿子寿听到了，他是个善良宽厚的孩子，他知道无法阻止邪恶的父母，只好去劝告兄长，没想到，伋居然愚忠愚孝到无以复加，他说："既然是父亲让我死，我怎么可以违背父命而偷生。"他坚持要出发。

寿无法阻止他去赴死，只好设宴为兄践行，故意把他灌醉，给他留下字条："我已代你前往，你赶快逃命。"然后，拿着白色牛尾旗走了，强盗认旗不认人，果然在埋伏地点把寿杀掉了，伋醒来以后，找不到寿，看到字条，明白了真相，赶忙去追。

待他赶到后，对刺客说："君命杀我，寿有何罪？请把我杀掉吧！"刺客就把伋也杀死了。

卫宣公看到两个孩子的人头的时候，深感惊骇，从此白日见鬼，一闭眼就做噩梦，没到半个月，也一命呜呼了。宣姜转眼之间失去了依靠，失去了儿子，也许，对于她，人生真的没有什么是不可以失去的了，她也失去了廉耻，在《墙有茨》中，她跑去和公子顽乱伦私通。

殊不知一切的变数都是当初一棵罪恶的树上，开出的罂粟花。

柏

鄘风

　　鄘、邶、卫都是古国名，周武王灭殷以后，将纣的京都地区封给纣的儿子武庚、禄父，并将其地一分为三，北为邶（今河南汤阴县东南）。南为鄘（今河南汲县东北），东为卫（今河南淇县附近）。后即并于卫，"鄘"亦仅指地名，"鄘风"实为"卫风"。

柏舟

泛彼柏舟，在彼中河。髧彼两髦，实维我仪。
之死矢靡它。母也天只，不谅人只！

泛彼柏舟，在彼河侧。髧彼两髦，实维我特。
之死矢靡慝。母也天只，不谅人只！

泛：浮行。这里形容船在河中不停漂浮的样子。　中河：河中。

髧：头发下垂状。　两髦：男子未成年时剪发齐眉。

维：乃，是。　仪：配偶。　之死：到死。

矢，通"誓"，发誓。　靡它：无他心。

只：语助词，同"也"。　特：配偶。

慝：通"忒"，变更，差错，变动。

赏析

　　柏树的叶子细碎而芳香，长成一棵柏树，需要数十年甚至上百年的光阴，一棵长成的柏树可以穿越千年的时光。其木质坚韧无比，以它来隐喻一种坚贞的爱情，实在是幽暗神秘而又熨帖到直通心灵的一道光芒。

　　此诗中，一位待嫁的少女，看中了一个"髧彼两髦"的少年，那少年不到二十，梳着中分的双髻，只是她的选择未能得到母亲的同意，她满腔怨愤。发出了对心上人掷地有声的铿锵誓言——"之死矢靡它！"非他不嫁，至死不渝！

她如一只漂荡的柏舟，无助地漂荡于爱情的河上，父母之命媒妁之言，实难违抗，她只能从内心深处发出"母也天只，不谅人只"的愤慨的悲叹！她的爱情如柏木般坚贞，而现实却只能让她怨天恨母。

　　旧曾说，这是卫世子共伯早死，其妻共姜自誓之作，她的父母想逼她改嫁，她誓死不从。

　　是少女也罢，是共姜也罢，这一种从柏树的散发着奇异香味的叶脉里，从那坚硬无比的木质中，生发出的坚持和忠贞，被后世称为"柏舟之节"，丧夫之痛也被称为"柏舟之痛"。

梓

墙有茨

墙有茨^{cí}，不可扫也。中冓^{gòu}之言，不可道也。所可道也，言之丑也。

墙有茨，不可襄也。中冓之言，不可详也。所可详也，言之长也。

墙有茨，不可束也。中冓之言，不可读也。所可读也，言之辱也。

茨：植物名，蒺藜。

中冓：内室、宫中龌龊之事，意指"家丑"。冓，通"构"，室。

襄：除去，扫除。　详：借作"扬"，传扬。

束：捆走。这里是打扫干净的意思。　读：反复念叨。

赏析

蒺藜，灰白色，非常坚硬，一果常分为对称的五个分瓣，每个分果瓣上，有长短棘刺各一对。古人云："树蒺藜者，夏不得休息，秋得其刺焉。"

墙上蒺藜，"不可扫""不可襄""不可束"，扫不掉，除不了，捆不走，就像宫闱中的污秽之事，"不可道""不可详""不可读"。这是长在卫人心上的刺，已经到了不可传播，不可细说，无法宣扬的地步，但是从"丑""长""辱"这些字里行间来看，又明明是欲盖弥彰，欲言又止。卫国的宫闱丑闻本就闹得妇孺皆知，根本用不着明说，只会让人感到丢脸、气愤和耻辱。所以点到为止、不言自明。幽默中见辛辣，比直接说更见讽刺。

　　这首诗是揭露和讽刺卫国统治者荒淫无耻的诗，和《邶风·新台》堪称姐妹篇，卫宣公劫娶了儿子的聘妻宣姜。而卫宣公死后，宣姜又和他的庶长子顽私通，生下了三男二女。《毛诗序》说："《墙有茨》。卫人刺其上也。公子顽通乎君母，国人疾之而不可道也。"

君子偕老

君子偕老，副笄六珈。委委佗佗，如山如河，象服是宜。子之不淑，云如之何？

玼兮玼兮，其之翟也。鬒发如云，不屑髢也；玉之瑱也，象之揥也，扬且之皙也。胡然而天也？胡然而帝也？

瑳兮瑳兮，其之展也。蒙彼绉絺，是绁袢也。子之清扬，扬且之颜也。展如之人兮，邦之媛也！

副：妇人的一种首饰。　笄：簪。　六珈：笄饰，用玉做成，垂珠有六颗。　委委佗佗：雍容自得之貌。

象服：是镶有珠宝绘有花纹的礼服。　宜：合身。

不淑：古解不善。或解为不幸。　如之何：奈之何。

玼：形容服饰鲜艳。　翟：绣着翟鸟彩羽的象服翟衣。

鬒：头发密而黑。　髢：假发。

瑱：耳瑱，又叫"充耳"，垂于两鬓的玉饰。

揥：剃发针，发钗一类的首饰。一说可用于搔头。

扬且之皙：额头方正白皙。　扬，眉宇宽广。

胡然而天：感叹天生的美貌。或解惊为天人。

瑳：玉色鲜明洁白。　展：古代后妃或命妇的一种礼服。

绉：丝织物类名，质地较薄，表面呈绉缩现象。　絺：细葛布。

绁袢：夏天穿的薄衫。　清扬：指目光明亮。

展如之人：正如她本人。　媛：美女。

赏析

这是一首笔法独特的讽刺诗，以美刺丑。

齐女宣姜，不可谓不美。全诗三章，无不在夸耀她的美。首章写她初嫁之时，服饰华美、仪态雍容。次章写她盛妆时容颜气质美如天仙。末章写她夏日淡妆清秀明丽，绝世无双。

她的服饰华美丰盛。"副笄六珈""象服是宜"头插玉簪和步摇，合身绘有文绣；"玼兮玼兮，其之翟也"，穿绘着野鸡纹饰的礼服；"玉之瑱也，象之揥也"，玉瑱垂于两鬓，发髻上插着象牙的搔头；"瑳兮瑳兮，其之展也。蒙彼绉绤，是绁袢也"，夏日，穿着洁白的展衣，罩着绉纱衣，贴身穿着葛布内衣。

她的容颜绝世美艳。走起路来，"委委佗佗"仪态万方；皮肤是"扬且之皙也"，白净又光鲜；双眸是"子之清扬"，清澈明亮；脸庞是"扬且之颜也"，眉清目秀。

然而，"子之不淑，云如之何？"这是慨叹，是惋惜，是讥讽。她与公子顽私通实在是淫秽之行。全诗因为这一点睛之句，让宣姜的华贵美丽黯然失色，她的丑恶灵魂立刻无处遁形。再美的女子若无堪可匹配的美好德行，那也只能是花钿委地，污入沟渠了。

鼠

相鼠

相鼠有皮，人而无仪。人而无仪，不死何为！
相鼠有齿，人而无止。人而无止，不死何俟！
相鼠有体，人而无礼。人而无礼，胡不遄死！

相：视，看。　仪：威仪。一说为"礼仪"。　何为：为何，做什么。

止：郑笺释为"容止"，节制，用礼仪来约束自己的行为。

俟：等待。　胡：何，为何，为什么，怎么。

遄：快，速速，赶快。

赏析

这是一首痛快淋漓、酣畅正义的讽刺诗。

《毛传》说："虽居尊位，犹为暗昧之行。"讽刺的是那些身居高位的统治者，他们虽然地位尊贵，却干着不可见人的卑鄙勾当，做着难以启齿的无耻之事，昏昧无比，贪婪无厌。

老鼠，尖嘴长腮，长牙利爪，鬼祟狡黠，窃食自肥，损人利己，令人不齿。诗中以老鼠为喻，老鼠尚且"有皮""有齿""有体"，可是那些卑劣的统治者，他们却"无仪""无止""无礼"，既没有合乎礼节的仪态行止，做起坏事来又毫无节制，内心深处也不懂礼法。这样连老鼠都不如的禽兽之徒，还有什么脸面活在世上呢？

所以，"不死何为！""不死何俟！""胡不遄死！"诗人毫不留情地诅咒他们：赶快去死吧，不死还等什么呢！把切齿的痛恨，满腹的怨怒，满腔的正义，通过披荆斩棘、摧枯拉朽、雷霆万钧的诗句，一股脑儿倒出来。诗中所讽刺的究竟是什么人，什么事，已不可考，但诗人是针对统治者的，这样禽兽不如的统治者，如何能治理国家呢？

定之方中

定之方中，作于楚宫。揆（kuí）之以日，作于楚室。树之榛栗，椅桐梓漆，爰伐琴瑟。

升彼虚矣，以望楚矣。望楚与堂，景山与京。降观于桑，卜云其吉，终焉允臧。

灵雨既零，命彼倌人。星言夙驾，说（shuì）于桑田。匪直也人，秉心塞渊，騋（lái）牝（pìn）三千。

定：定星，又叫营室星。十月之交，定星昏中而正，宜定方位，造宫室。　作于楚宫：即在楚丘地方营建宫室。

揆之以日：按照日影定方向。揆，测定。

椅桐梓漆：四种木名，都是做琴瑟的好材料。

升：登。　虚：一说漕邑旧都城，一说大丘，同"墟"。

景山与京：指奔赴大山之间勘测。景，远行。京，高丘。

允：确实。　臧：好，善。　灵：善。　零：降落，落下。

倌：驾车小臣。　星言夙驾：早上披星驾车前去。

说，通"税"，歇息。　匪直：不仅仅为此。直，特也。

秉心：用心、操心。　塞渊：踏实深远。

騋：七尺以上的马。　牝：母马。

桐

赏析

　　这是记叙卫文公复国中兴卫国的叙事诗。

　　公元前660年，北狄攻破卫国，卫懿公在荧泽一役中战死。卫戴公率领残部，在宋桓公的帮助下渡过黄河，暂居漕邑。卫戴公不到一年就死了，卫文公即位，后来，在齐桓公的帮助下，由漕邑迁至楚丘，重建卫国，营造宫室。

　　定星每年夏历十月十五至十一月初，黄昏时分出现在正南天空，与北极星相对应，可准确测定南北方位。另外，揆度日影也可确知东西方向。据此，可以测定方位，选择宫址，确定破土动工的时间。十月后，正是农闲，严寒未至，此时修筑宫室，相当科学。然后考虑在宫庙等处种植"榛栗"，它们的果实可供祭祀；种植"椅桐梓漆"，它们成材后可作制作琴瑟的好材料。立国之初，考虑到将来祭祀礼仪、歌舞升平，不能不说是深谋远虑且充满着自信。

第二章是追叙卫文公卜筑楚丘的全过程。"升"旧城，"望"楚丘，登上漕邑故墟，眺望楚丘。"望楚与堂""景山与京"，再次望楚，可见极其慎重仔细，还考察了附近的堂邑，走遍了大大小小的山陵与高岗，显示其丰富的堪舆山水知识。最后"降观"蚕桑，亲自下到田地去看蚕桑水土，事关国计民生的根本，势必要郑重。最后，占卜天意，大吉大利，才定下了楚丘。

第三章最是见微知著。有一天夜里，春雨绵绵滋润着大地，黎明时分，文公吩咐小马倌，披星戴月地套车赶往桑田。他重视农业生产，亲自前往躬劝农桑。这点小事文公都放在心上，可见平时的夙兴夜寐劳瘁国事。

"匪直也人，秉心塞渊"，这是全诗的题旨：他可不是一般人，实在是用心良苦，深谋远虑。最后"骓牝三千"，因为文公卜地、筑宫、兴农，才换来卫国的兵强马壮，日臻富强。《诗经原始》称其"不数年而戎马寖强，蚕桑尤盛，为河北巨邦。其后孔子适卫犹有庶哉之叹，则再造之功不可泯也"。

在整首颇为整饬而奋进的诗行里，我们仿佛能够触摸到卫人重建家园时明朗欢快的脉搏，以及苍茫楚丘上文公高瞻远瞩而又脚踏实地的高大形象。

载驰

载驰载驱，归唁^(yàn)卫侯。驱马悠悠，
言至于漕。大夫跋涉，我心则忧。
既不我嘉，不能旋反。视尔不臧，我思不远。
既不我嘉，不能旋济。视尔不臧，我思不闷^(bì)。
陟^(zhì)彼阿丘，言采其蝱^(méng)。女子善怀，
亦各有行。许人尤之，众稚且狂。
我行其野，芃芃^(péng)其麦。控于大邦，谁因谁极？
大夫君子，无我有尤。百尔所思，不如我所之。

唁：向死者家属表示慰问，此处不仅是哀悼卫侯，还有凭吊宗国危亡之意。

悠悠：远貌。　言至于漕：言，发语词，无义。漕，卫地名。

嘉：认为好，赞许。　视尔不臧：视，表示比较。臧，好，善。

闷：同"闭"，闭塞不通。　陟：登。

阿丘：有一边偏高的山丘。

蝱：贝母草。采蝱治病，喻设法救国。

芃芃：草茂盛貌。　控于大邦：请求于大国。

因：亲也，依靠。　极：至，指来援者的到达。

赏析

尘土飞扬，马车飞奔，通往卫国的大道上，许穆夫人快马加鞭，心急如焚。

荒淫无耻的卫宣公死后，宣姜嫁给了他的儿子，就是和公子伋一母所生的兄弟"昭伯顽"，生了五个孩子，其中的女儿就是本诗的主人公许穆夫人。那个害死两个哥哥的朔在卫宣公死后即位，成为卫惠公，后来王位又传到他儿子卫懿公手上。从许穆父亲这方论，她应该是卫懿公的妹妹，从母亲这方论，卫懿公是宣姜的亲孙子，许穆应该是他的亲姑姑。

卫懿公其实是个自闭症患者，他不管朝政，只爱养鹤，不但赏给养鹤人官职，还封了鹤做鹤娘娘、鹤将军，享受比他的官员们还要优渥的待遇，出巡之时，他的鹤有专门的华丽的车辆，为此，他向百姓征收额外的"鹤捐"，这让他的子民愤怒和受伤。而他自己，却沉浸在鹤的世界里，恍若未见。卫国一天一天地衰败下去。

公元前660年，北狄来犯，卫懿公从梦中惊醒，慌忙征兵抗敌，可是，老百姓宁愿亡国，也不愿奋起反抗。卫懿公放逐了所有的鹤，亲自上阵，他想用这种方式告诉子民他内心的忏悔，可是，他没有等到子民的原谅，自己丢掉了性命。据说，他倒下的时候，有成群的鹤飞来，盘桓哀鸣，久久不去。对于他自己，这是一个浪漫的结束，对于一个国家，这是一个惨烈的结局！

杀戮、洗劫、老百姓仓皇逃离，家园被毁，国已沦亡，他们渡过黄河，逃到南岸的漕邑，此时此刻，他们才知道亡国的沉痛！他们需要有人领着他们收回失地，再建家园。

许穆夫人惊闻故国巨变，放不下生她养她的卫国，可许穆公害怕引火烧身，不愿领兵救卫，许穆夫人只能驾着马车，赶往漕邑，独自去救卫国。不断有许国的大臣来劝阻，说她幼稚轻狂，说她已嫁许国，回卫国有失体统，结果只会徒劳无益。

但她意志坚定，绝不会回到许国，绝不会抛弃卫国人！抵达漕邑后，她卸下带来的物品救济难民，跟她的已被拥立为卫戴公的哥哥及诸大臣商议复国之策，同时，派人去向齐国求援。

最终，狄兵退去，卫国失而复得，卫戴公病殁后，许穆夫人的另一个哥哥从齐归卫，在楚丘重新建国，恢复了它在诸侯国中的地位，卫国，又得以延续了四百多年。

她贵为公主，时刻心系故国；嫁为王后，国难当头，毅然担负起救国复兴的大任。她是一位女英雄，也是我国历史上第一位女诗人，她敢爱敢恨，留下令多少男儿汗颜的《载驰》。

她是一株高贵的帝女花，在历史的深处，永不谢落！

董

绿竹

卫风

　　《卫风》即卫地的歌谣。卫国自康叔历十三世至献公，自后国力日衰，内乱不息，到懿公时，更加腐败不堪。公元前660年，卫国为狄人所灭，后在齐桓公的帮助下，卫残部南渡黄河，文公在楚丘（今河南滑县东），重建卫国。

淇奥 (yù)

瞻彼淇奥，绿竹猗猗(yī)。有匪君子，如切如磋，如琢如磨，瑟兮僴兮(xiàn)，赫兮咺兮(xuān)。有匪君子，终不可谖兮(xuān)。

瞻彼淇奥，绿竹青青。有匪君子，充耳琇莹(xiù)，会弁如星。瑟兮僴兮，赫兮咺兮。有匪君子，终不可谖兮。

瞻彼淇奥，绿竹如箦(zé)。有匪君子，如金如锡，如圭如璧。宽兮绰兮，猗重较兮(yǐ)。善戏谑兮，不为虐兮。

淇奥：淇水边弯曲处。　猗猗：美丽繁茂的样子。

匪：通"斐"，有文采的样子。

切磋：本义是加工玉石骨器，引申为讨论研究学问。

瑟：仪容庄重的样子。　僴：宽大。　赫：显赫。

咺：有威仪的样子。　谖：忘记。

充耳：玉制耳饰。　琇莹：似玉的美石，宝石。

会弁：指皮帽子把头发收束得不露出一丝一络。

箦：积的假借，堆积。　圭：圭，玉制礼器，上尖下方。　璧，玉制礼器，正圆形，中有小孔，也是贵族朝会或祭祀时使用。

绰：旷达。一说柔和貌。　猗：通"倚"依靠。

较：古时车厢两旁作扶手的曲木或铜钩。

戏谑：开玩笑。　虐：刻薄伤人。

赏析

青青绿竹，挺秀清朗的风姿，很容易让人联想到虚心直节的朗朗君子。

这是一首赞美君子的诗，旧说是赞美卫武公。春秋乱世，人们渴望和平，希望有圣君贤相、能臣良将，能救他们于水火。

这君子，相貌堂堂，如淇水畔清俊的修竹，身材高大，威严庄重，衣着整洁华美，"充耳琇莹""会弁如星"，冠服上的装饰也极其精美。

这君子，才华出众，"如切如磋，如琢如磨"，积学进修，不断自我磨砺，最终，"如金如锡，如圭如璧"，才学精如金锡，德行洁比圭璧。而且"宽兮绰兮"，性格宽厚，心胸宽广，待人温和。这样的君子，起草撰文，处理内政，从容有度。

这君子，风趣幽默，坐在马车上，出入于王侯府第，应对诸侯，不失国体，交际斡旋，谈吐不俗，"不为虐兮"，言辞谦和，可亲可敬。处理外事交涉，游刃有余。

绿竹从"猗猗""青青"到"如箦"，君子也从"切磋琢磨"到"金锡圭璧"，洗去了自身的杂质斑点，达到了精纯温润的境界。

他的外在风姿之美，内在文采之美，品格素养之美，成就了君子之美的最高境界。

考槃

考槃在涧，硕人之宽。独寐寤言，永矢弗谖。
考槃在阿，硕人之薖。独寐寤歌，永矢弗过。
考槃在陆，硕人之轴。独寐寤宿，永矢弗告。

考槃：指避世隐居。考，筑成，建成。槃，架木为屋。

硕人：形象高大丰满的人，不仅指形体而言，更主要指人道德高尚。

独寐寤言：独睡，独醒，独自言语。指不与人交往。

永：永久。　矢：同"誓"。　弗谖：不忘却。

薖："窠"的假借字。一说同"窝"，义同"宽"。

永矢弗过：永远不复入君之朝。一说永不过问世事。过，过从，过往。　陆：土丘。

轴：徘徊往复。或解为通"由"，悦也。　告：哀告，诉苦。

赏析

此诗乃千古隐逸之宗，是一首古老的隐士之歌。

一间简陋、古朴的木屋，坐落于溪涧之上，周围绿荫掩映，松风如涛，飞鸟投林，虽处荒远冷僻的野外，这位隐居的"硕人"却自以为乐。

大自然的一隅清净之地，被他看作天地广阔的栖息地，所以，他非但不觉荒僻，反觉得是"硕人之宽"，是隐者的超脱世俗，心远地偏之宽，也是外人不懂的心灵的宽广自由。

他每日所做的就是独寐"寤言""寤歌""寤宿"，独睡、独醒、独语、独歌，一个"独"字就把一个疏放、自在、闲适无为的隐士形象勾勒了出来，他独得其乐，散散步、唱唱歌、游赏烟霞。所以这种生活当然要"永矢弗谖"，发誓永不忘记，并且终老于斯，与世决绝，不再过问世俗之事。

　　前人说，这是美贤士隐居之得所，旨在刺君上之失贤，或世间之无道。

硕人

硕人其颀，衣锦褧衣。齐侯之子，卫侯之妻。东宫之妹，邢侯之姨，谭公维私。

手如柔荑，肤如凝脂，领如蝤蛴，齿如瓠犀，螓首蛾眉。巧笑倩兮，美目盼兮。

硕人敖敖，说于农郊。四牡有骄，朱幩镳镳。翟茀以朝。大夫夙退，无使君劳。

河水洋洋，北流活活。施罛濊濊，鳣鲔发发。葭菼揭揭，庶姜孽孽，庶士有朅！

硕人其颀：硕人，美人。颀，修长貌。

衣锦褧衣：穿着锦制的披风，第一个"衣"为动词，褧衣，出嫁时御风尘的罩衣。　谭公维私：谭国的国君是她的妹夫。

荑：白茅之芽。　蝤蛴：天牛的幼虫，色白身长。

瓠犀：瓠瓜的子。　螓：似蝉而小，头宽广方正。

盼：眼睛黑白分明的样子。　敖敖：身长的样子。　说：停车。

幩：装在马口上的朱帛装饰。　镳镳：马嚼子。一说盛美貌。

翟茀：以雉羽为饰的车围子。　施罛：张开渔网。罛，大渔网。

濊濊：撒网入水声。　鳣、鲔：鳇鱼、鲟鱼。或皆为鲤鱼的一种。

发发：鱼尾击水之声。或鱼跳动貌。　庶姜：指随嫁的姜姓众女。

孽孽：装饰华丽的样子。　庶士：从嫁的媵臣。

朅：勇武的样子。

赏析

千古颂女子之美，莫过于《硕人》；千古女子之美，也莫过于庄姜。

她出身高贵：乃齐庄公的女儿，卫庄公的妻子，东宫太子的胞妹，齐国王后的嫡女，邢侯的小姨子，谭公是她的妹婿。

她美貌绝伦：身材高颀修长，着锦衣，罩麻纱。素手纤纤，如茅草的嫩芽，肌肤柔滑，如凝结的白脂，光洁的脖颈像天牛的幼虫，整齐的牙齿像洁白的瓠瓜子，美丽的前额方广如蝉，弯弯的眉毛细长如蛾。更妙的是她浅笑盈盈时，梨涡隐现，回眸一笑间，顾盼生情。"巧笑倩兮，美目盼兮"写尽一个女子不可言传之美。

她的婚礼盛大而隆重：她嫁的是一国之君，贵为国母，迎亲的队伍声势浩大，四匹雄马拉车，健壮威武，稚羽的马车载着她，红绸飘扬。浩浩荡荡的黄河水，北流入海，活蹦乱跳的鳣鱼和鲔鱼，落入撒下的网，河岸绵长悠远，芦荻茂盛葳蕤，这壮美鲜丽的景物里，是人数众多蔚然大观的陪嫁队伍，男傧女侣，都俊美修长。

可富贵、美貌、繁华，终是换不来婚姻的幸福。

庄姜"美而无子"。卫庄公很快又娶了陈国的公主厉妫，后来厉妫的儿子夭折，庄公又娶了她的妹妹戴妫，戴妫死后，庄姜视如己出地抚养她的孩子，还将宫女嬖妾进献给庄公。嬖妾骄横僭越，可她始终尊贵、贤德、顾全大局、全然是"国母"风范，她把自己活成了标本，为后世垂范。

后来，戴妫的儿子完即位，不久被嬖妾的儿子州吁所杀，州吁后来也被卫国人所杀，国政风云变幻，世事沧桑多舛，谁会在意一个最完美的女子，内心无可诉说的不完美呢？

她的美，悠悠传唱了几千年，悲也是。

谖

伯兮

伯兮朅^{qiè}兮，邦之桀兮。伯也执殳^{shū}，为王前驱。
自伯之东，首如飞蓬。岂无膏沐？谁适^{dí}为容！
其雨其雨，杲杲^{gǎo}出日。愿言思伯，甘心首疾。
焉得谖^{xuān}草？言树之背。愿言思伯，使我心痗^{mèi}。

伯：兄弟姐妹中年长者称伯，此指其丈夫。

揭：英武高大。　殳：古兵器，杖类。长丈二无刃。

膏沐：妇女润发的油脂。膏，润发的油脂。　适：悦。

其雨其雨：前一"雨"为动词，下雨。

杲：明亮的样子。　谖草：萱草，忘忧草，俗称黄花菜。

言：语助词。　背：屋子的北面。　痗：忧思成病。

赏析

　　古人写情之深，只一句"自伯之东，首如飞蓬"。

　　蓬草不过是生长在自然里，简单、平凡不过的植物，然而，分离的思念与苦涩，可以令一个女子的姿容发生这样大的改变：憔悴的面颜，无心挽起的发丝，乱如风中的蓬草。

　　"伯兮"，这是一个妻子对丈夫深情的呼唤，她的丈夫去前线服役了，卫宣公时候，蔡人、卫人、陈人都跟随着周王去讨伐郑伯去了。丈夫孔武有力，勇毅英俊，她想象着丈夫手执长矛，走在队伍的前列，为王征战。

　　丈夫走后，她无心梳妆，思念日炽。就像心里明明盼着下大雨，却太阳炙烤如火盆一样，一次次失望的等待，让她备受煎熬，呼呼如狂，头痛欲裂。她想在屋子的北堂栽下一棵忘忧草，让她自思念的痛苦中解脱，可相思病，除了良人，如何能解？

　　一个乱世女子乱如飞蓬的发，揪出的是被战争碾压过的离伤的深重痕迹。

河广

谁谓河广？一苇杭之。谁谓宋远？跂余望之。
谁谓河广？曾不容刀。谁谓宋远？曾不崇朝。

河：黄河。卫国在戴公之前，都于朝歌，和宋国隔河相望。

苇：用芦苇编的筏子。　杭：通"航"。　跂：古通"企"，
踮起脚尖。　曾：乃，竟。　刀：通"舠（dāo）"，小船。

崇朝：自旦至食时为终朝，形容时间之短。

赏析

发源于巍巍昆仑的黄河，劈开中原大地，如雷奔腾。

一个客旅于卫的宋人，欲归不得，却发出旷古绝今的傲视之
语：说黄河"一苇杭之""曾不容刀"，说宋国"跂予望之"，
从卫到宋不过"崇朝"的时间。卫国和宋国隔着黄河，踮脚可望，
但黄河真的容不下一只小木船，更不可能驾一支苇筏，就能渡过
浊浪滔天的大河。这石破天惊的夸张，激荡迸溅的，不过是最深
切的思乡之情。

但思念如此炽烈，路途并不遥远，为何归不了宋？一定不是
因为黄河的阻隔，而是客观存在的现实的阻力，隐而不言。有说，
这是归于卫国的宋桓公夫人，思念着她的儿子宋襄公和故国，却
不能违礼往见。

思念是一种看不见的力量，穿得透一切俗世的阻隔，却依然
被俗世阻隔。

木瓜

投我以木瓜，报之以琼琚。匪报也，永以为好也！
投我以木桃，报之以琼瑶。匪报也，永以为好也！
投我以木李，报之以琼玖。匪报也，永以为好也！

木瓜：一种落叶灌木（或小乔木），蔷薇科，果实长椭圆形，色黄而香，蒸煮或蜜渍后供食用。

琼琚：美玉名。下文"琼瑶""琼玖"意同。　匪：同"非"，不是。　木桃：果名，比木瓜小。　木李：果名，即榠楂，又名木梨。

赏析

木瓜的果实，在明朗的秋空下，吸尽了春的清韵，摇曳秋风的枝头。也许，只有秋清朗朗净的胸襟里，才能容纳如此美好真诚的赠与。

赠送的东西可以变，清香馥郁的木瓜、圆润饱满的木桃、红艳可喜的木李，回报的东西也可以不同，随身携带的佩玉、光彩灼灼的美玉、光华深致的美石，只有一种心愿永远不变："永以为好也"。要情好如初，心心相印。

这一种赠与，没有价值的高低，没有厚重轻薄，只有，赠与时，满怀真诚；回报时，十分珍视。世间有一种美好的情谊，便是对他人情意的理解和珍重。

旧说，这是卫人欲厚报齐桓公救卫于漕。更愿相信，这是男女之间互相赠答，倾吐爱情的诗歌。

木
瓜

氓

氓之蚩蚩，抱布贸丝。匪来贸丝，来即我谋。送子涉淇，至于顿丘。匪我愆期，子无良媒。将子无怒，秋以为期。

乘彼垝垣，以望复关。不见复关，泣涕涟涟。既见复关，载笑载言。尔卜尔筮，体无咎言。以尔车来，以我贿迁。

桑之未落，其叶沃若。于嗟鸠兮，无食桑葚！于嗟女兮，无与士耽！士之耽兮，犹可说也。女之耽兮，不可说也。

桑之落矣，其黄而陨。自我徂尔，三岁食贫。淇水汤汤，渐车帷裳。女也不爽，士贰其行。士也罔极，二三其德。

三岁为妇，靡室劳矣；夙兴夜寐，靡有朝矣。言既遂矣，至于暴矣。兄弟不知，咥其笑矣。静言思之，躬自悼矣。

及尔偕老，老使我怨。淇则有岸，隰则有泮。总角之宴，言笑晏晏。信誓旦旦，不思其反。反是不思，亦已焉哉！

氓：对诗中男子的称谓，居于城外的流民。

蚩蚩：同"嗤嗤"，笑嘻嘻的样子。

愆期：过期，失期。愆，误、拖延。

将：愿，请。　乘：登上。　垝垣：倒塌的墙壁。

载：语助词，无义。　体：指龟兆和卦兆，即卜筮的结果。

咎：不吉利，灾祸。　贿：财物，指嫁妆，妆奁（lián）。

于：通"吁"（xū），感叹词。　耽：迷恋，沉溺，贪乐太甚。

犹可说也：终究可以摆脱其中。说，通"脱"，解脱。

陨：坠落，掉下。　徂尔：嫁到你家。徂，往。

三岁食贫：过了三年贫困生活。　不爽：没差错。

罔：无，没有。　极：标准，准则。　咥：笑的样子。

躬自悼矣：自己独自悲伤。躬，自身；悼，伤心。

总角：指男女未成年时。　宴：快乐。

晏晏：欢乐，和悦的样子。　旦旦：诚恳的样子。

反是不思：指男子从不想自己违背誓言之事。

亦已焉哉：也只好算了吧。已，罢了，算了。

赏析

《诗经》中的植物是鲜活多情的，每一种植物总伴着某一种情感。而桑所倾诉的却是一段痛心的往事。

那是在一次集市上，一个叫氓的男子以买丝为名，向一个情窦初开的少女吐露爱情，她纯洁、天真，见到"蚩蚩"老实的氓，被"言笑晏晏"的温情所蒙蔽，被他"信誓旦旦"的忠诚所感动，一下子陷入对氓的爱情里，对他以心相许。看不到他便"泣涕涟涟"，见到他便"载笑载言"，看到氓不高兴，赶紧安慰他"将子无怒，秋以为期"。

按《礼记》记载，古代的婚嫁需要完成六礼："纳采，问名，纳言，纳征，请期，亲迎"，完成这些礼需要三年的时间，而从"抱布贸丝"到"秋以为期"时间还不到一年，这个女子也许是跟氓同居了。后来，她打卦占卜，拿到吉祥的卦象，待男方派来彩车迎娶，她就带着全部财物如愿嫁给了氓。

几年以后，她早起晚睡，辛劳终日，操持家务，但氓对她却"至于暴矣"，无情地殴打她。她像枯黄飘落的桑叶，容颜不再，最终，被遗弃回家。当初，坐车涉过宽阔无边的淇水来嫁，如今，坐着车子被弃回娘家，淇水猛涨，溅湿了车上的帷幔，她内心的伤悲也如淇水般无边无际。反思自己，并无一点差错，而是那个男子"二三其德"，朝三暮四、喜新厌旧。

曾相约白头偕老，今徒然让她恼怒，海誓山盟，言犹在耳，昨日欢乐，历历在目。男子，很容易就忘记了当初的爱恋，女子一旦用了情，想要挣脱出来，多么艰难！千万莫学鸠鸟贪食桑葚般，陷入爱情，难以自拔。

当初，她勇敢地无媒与他同居；后来，家境好转，遭受虐待，她坚贞不渝地爱他；现在，她无故被弃，终于认清了氓虚伪丑恶的嘴脸，她既不向氓乞怜，也不独自消沉。她要与氓决绝，一刀两断，一别两宽！她从天真勇敢的少女，变成了刚毅坚强的独立妇人！

这决绝清醒的转身，未尝不是另一种美好澄明的开始。

桑

王风

  《王风》即东都王城一带的歌谣。周幽王死后，鉴于内忧外患，镐京残破，周平王迁都于东都洛邑（洛阳），是谓东周。《王风》的十首诗歌，大部分是反映人民的痛苦呻吟和怨恨的。

黍离

彼黍离离，彼稷之苗。行迈靡靡，中心摇摇。知我者，谓我心忧；不知我者，谓我何求。悠悠苍天，此何人哉？

彼黍离离，彼稷之穗。行迈靡靡，中心如醉。知我者，谓我心忧；不知我者，谓我何求。悠悠苍天，此何人哉？

彼黍离离，彼稷之实。行迈靡靡，中心如噎。知我者，谓我心忧；不知我者，谓我何求。悠悠苍天，此何人哉？

黍：北方的一种农作物，形似小米。　离离：行列貌。

稷：古代一种粮食作物，高粱。　靡靡：行步迟缓貌。

摇摇：心神不定的样子。　悠悠：遥远的样子。

行迈靡靡，中心如醉：是说一位周朝的大夫路过故宫，看见满目衰败景象时的心情。这位大夫经过的故宫指的是今天的西安。

噎：堵塞。此处以食物卡在食管比喻忧深气逆难以呼吸。

赏析

此乃王风之首，是哀悼西周王朝的悲怆之歌。

《毛诗序》说："《黍离》，闵宗周也。周大夫行役，至于宗周，过故宗庙宫室，尽为禾黍。闵周室之颠覆，彷徨不忍去，而作是诗也。"

平王东迁不久，周朝的一位大夫行役至曾经的都城镐京，只见昔日的城阙宫殿，繁华街市，乃至熙熙攘攘的人群都已荡然无存。那断壁残垣上，长成了一片茂盛的黍稷禾苗，仿若是来到了原野之上，顿感物是人非，无限今昔盛衰，世事沧桑之感，不禁悲从中来，忧伤不能自已。

从"稷苗"到"稷穗"到"稷实"，黍稷逐渐成长，大夫心中从"摇摇"到"如醉""如噎"，忧思伤感不断加深，从忧伤不能自持，到痴呆恍惚，到凄怆痛心，五内俱崩。诗人踽踽独行、步履沉重、悲痛难抑，反复发出"知我者，谓我心忧，不知我者，谓我何求"的咏叹，最后呼号问天，将心中唏嘘欲绝、悲怆至极的感情推到极致。

由于周幽王的残暴，致使少数民族犬戎攻破镐京，幽王被杀。这和商纣王荒淫无道，被周武王消灭何其相似！西周就这样重蹈了前朝的覆辙。

千百年来，黍离之痛已作为亡国之思的代名词。黍自离离，稷自青青，禾黍本无情，却映衬了一个王朝苍莽悲凉的背影。

君子于役

君子于役，不知其期，曷^{hé}至哉？鸡栖于埘^{shí}，日之夕矣，羊牛下来。君子于役，如之何勿思！

君子于役，不日不月，曷其有佸^{huó}？鸡栖于桀，日之夕矣，羊牛下括。君子于役，苟无饥渴！

君子于役：君子，对丈夫的敬称。于役，服劳役中。

曷：何时。 至：归家。

埘：鸡舍。墙壁上挖洞做成。鸡栖于埘，喻天黑。

如之何勿思：如何不思。如之，犹说"对此"。

不日不月：没法用日月来计算时间。 佸：相会。

桀：鸡栖的木架。一说指用木头搭成的鸡窝。

下括：汇集归来。 苟：或许，也许。

赏析

这是妻子思念长期服役在外未归的丈夫的诗。春秋时期，频繁的战乱，沉重的兵役和徭役，造成了夫妻别离的痛苦。

黄昏时分，一个女子在家门前伫立凝望，不知在外服役的丈夫，何时归家团圆。近看鸡儿互相呼唤着回到窝里，远眺天边，落日已西斜，牛羊被赶下山往村中走来。这是一幅温馨美好的乡村黄昏晚归图，夕阳归山，鸡归埘，牛羊归圈。可丈夫却未归，反衬出女子心中无限的失意和忧伤。

从"曷至哉"的思念，到"曷其有佸"的感怀，到最后"苟无饥渴"的牵挂，是一个乱世女子，无数个黄昏的伫望里，从希望到失望的忧伤心路。

羊

君子阳阳

君子阳阳，左执簧，右招我由房。其乐只且^{jū}！
君子陶陶，左执翿^{dào}，右招我由敖。其乐只且！

阳阳：洋洋得意、喜气洋洋的样子。

簧：古时的一种吹奏乐器，竹制，似笙而大。

我：妻子，一说君子的同事。　由房：为一种房中乐。

只且：语气助词，没有实义。　陶陶：和乐舒畅貌。

翿：歌舞所用道具，用五彩野鸡羽毛做成，扇形。

由敖：当为舞曲名。

赏析

《王风》中的诗大多苍凉，此诗却如此轻快。

喜气洋洋的君子，左手握着笙簧，脸上放出灼灼的红光，目光如炬，却又情意流溢，他含笑招手，说：来吧，来吧，跟着我，奏一曲《由房》，跳一曲《由敖》，谁能够拒绝这样的邀请？谁能够抗拒这样的盛情？谁能够不被他打动，而跟着他翩翩起舞？

君子欢乐得意的神情，优美矫健的舞步，高亢动人的歌声，使得她深深沉醉，这是农耕生活之外的夫妻间的快乐，不以行役为劳，安于贫贱自足，两个人自得其乐，欢畅无比。

这应该是一户殷实的人家，或是衰落了的世家子弟。不必为柴米忧心，也不必日出而作，日落而息地去操劳。两个人情深意笃，志趣相投，闲暇中奏上一曲，舞上一段。

中谷有蓷

中谷有蓷，暵其干矣。有女仳离，嘅其叹矣。嘅其叹矣，遇人之艰难矣！

中谷有蓷，暵其脩矣。有女仳离，条其歗矣。条其歗矣，遇人之不淑矣！

中谷有蓷，暵其湿矣。有女仳离，啜其泣矣。啜其泣矣，何嗟及矣！

中谷：即谷中，山谷之中。　蓷：益母草。

暵其干：失水而干。暵，枯貌。

仳离：分离，指妇女被夫家抛弃。

嘅：同"慨"，叹息之貌。

脩：干枯，败坏。　条：深长。　歗：同"啸"，悲啸之声。

湿：将要晒干的样子。　啜：哽喧抽泣貌。

何嗟及矣：同"嗟何及矣"。嗟，悲叹声。何及，言无济于事。

赏析

蓷，也叫益母草，它性偏寒凉，活血行气，有补阴之功。临水而生，春天发芽，入夏开花，入暑之后，花便自下而上，次第凋谢。

一位容颜凋零的妇人，生于乱世，被人遗弃，便如生长于山畔谷地的益母草，四周贫瘠，一无依傍，无所扶持，孤苦凄冷，它也有过深深的根，粗壮的茎，青枝绿叶，花开茜红的美好年华，但最终"暵干""暵脩""暵湿"，枯槁、枯干、枯烂，被遗弃在这空荡荡的山谷。

世间草木万千，如此以"益母"直言有益于母性的草木，并不多见。可见，这如益母草般情性的妇人遭人遗弃，并非自身品节不好，而是丈夫见异思迁、薄情假意、喜新厌旧。她追悔莫及，发出了"遇人艰难""遇人不淑"和"何嗟及矣"的慨叹。这是一种悲叹，也是一种自醒，更是对后来者的劝诫。

朱熹《诗集传》："凶年岁馑，室家相弃，妇人览物起兴，而自述悲欢之辞也。"

萧

萑

采葛

彼采葛兮。一日不见，如三月兮。
彼采萧兮。一日不见，如三秋兮。
彼采艾兮，一日不见，如三岁兮。

葛：葛藤，一种蔓生植物，块根可食，茎可制纤维。

萧：植物名。蒿的一种，即艾蒿。有香气，古时用于祭祀。

三秋：三个秋季。通常一秋为一年，后又有专指秋三月的用法。
这里三秋长于三月，短于三年，义同三季，九个月。

艾：多年生草本植物，菊科，茎直生，白色，高四五尺。其
叶子供药用，可制艾绒成灸治病。

赏析

这是一首男子思念心上人的深挚情语。

古时，采葛可织布，采蒿可祭祀，采艾可医病。那个采葛、采蒿、
采艾的女子，在葛藤青绿的枝蔓间，在青蒿清郁的叶脉里，在艾
草朴拙的香味中，款款而来，带着大自然诗性唯美的感伤与美好。
男子与她，才不过分别了一日，就觉得是"三月""三秋""三年"
了。

这是有悖于常理的，然而，在热恋的情人间，却又是最合理
的心理体验，一日之别，在他的心中延长为三月、三秋、三年，
这自然时间里的心理错觉，最能照见他们之间如胶似漆，难舍难
分的感情。他们希望朝朝暮暮，耳鬓厮磨，短暂的分别，对他们
而言，也是极大的痛苦，让他们经受着内心最漫长的折磨。

"一日不见，如隔三秋"，这种热恋中的相思之苦，古今皆然。

大车

大车槛槛，毳衣如菼。岂不尔思？畏子不敢。
kǎn　　cuì　tǎn

大车啍啍，毳衣如璊。岂不尔思？畏子不奔。
tūn　　　　mén

榖则异室，死则同穴。谓予不信，有如皦日。
gǔ　　　　　　　　　　　　　　jiǎo

槛槛：车轮的响声。　　麃衣：麃，本指兽类细毛。"麃衣"，指以兽细毛织成的衣裳，代指大夫之服。

菼：初生的芦苇，色在青白之间。

啍啍：重滞徐缓的样子，犹"槛槛"。

璊：红色美玉。　　榖：生，活着。　　异室：两地分居。

皦日：皦，同"皎"，白色。"皦日"，指光明的太阳。

赏析

女子之痴在于，爱上一个人，不给自己退路。

这个女子爱上的是一个大夫，大夫乘的车"槛槛""啍啍"，大夫的衣着"如菼""如璊"，大车和服饰是阻隔于两人之间的厚障壁，大夫是有身份的人，门不当户不对，却又无法斩断情丝。他们之间可能无法在合乎"礼"的规范下公开结合，只能私奔。

她担心着大夫"不敢"，或者"不肯"，可见，大夫对这女子多少也动了心，不然，女子担心的只会是对方的态度，是否会被拒绝等。可是，因为统治阶级道德规范的约束，身份地位的悬殊等等原因，大夫下不了决心。

于是，女子发出"榖则异室，死则同穴"的决绝誓言。如果现实中，只能各处一室，分飞两处，那么，就死后葬在一起。并对着太阳起誓，表明自己对爱情的坚贞。

可她所爱的大夫，是否也如此坚定？爱情，有时候，也架不住一再地追问。

莪

郑 风

　　《郑风》即郑地的歌谣。共有二十一首,其中绝大部分是情诗。
周宣王封弟姬友于郑(今陕西华县之东),是为郑国。后迁都于
新郑(今郑州),版图不断扩大,成为春秋早期称霸中原的大国。
所存诗篇当产生于郑国东迁后社会稳定、经济繁荣,国力鼎盛的
时期。

遵大路

遵大路兮，掺执子之袪^{shǎn}^{qū}兮，无我恶^è兮，不寁故也！
遵大路兮，掺执子之手兮，无我魗^{chǒu}兮，不寁好^{hào}也！

遵大路兮：沿着大路往前走。　　掺：执，拉住，抓住。

袪：衣袖，袖口。　　无我恶：不要讨厌我。

寁：去。即丢弃、忘记的意思。　　故：故人，故旧，旧情。

无我魗：不要嫌弃我丑。魗，同"丑"。　　好：旧好。

赏析

　　人来人往的大路上，一个被遗弃的女子，苦苦拽着男子的衣袖，哀求他留下来。她请求男子"无我恶""无我魗"，不要讨厌我，不要嫌我丑。她反复哀求，并试图用"故""好"，来打动男子的心。让他念在多年的情分上，念在曾经的恩爱上。

　　不知道这个男子为何要决绝地离她而去，但是，这一"故"一"好"至少表明，他们曾经关系密切，即便不是夫妻，也一定有过两情相悦的过往。

　　色衰而爱弛，男子大多喜新厌旧，可"男儿爱后妇，女子重前夫"，当这个男子绝情地拂袖而去，这个女子却顺着大路，紧追不舍，放下自己的尊严和羞耻。面对这个负心绝情的男子，女子只能悲怆号哭，绝望地祈求，凄惨悲恸，令人动容。

　　殊不知，变了心的男人，是拴不住的那一鞭残阳，早就没有了温度。

女曰鸡鸣

女曰鸡鸣，士曰昧旦。子兴视夜，明星有烂。将翱
将翔，弋凫与雁。

弋言加之，与子宜之。宜言饮酒，与子偕老。琴瑟
在御，莫不静好。

知子之来之，杂佩以赠之。知子之顺之，杂佩以问之。
知子之好之，杂佩以报之。

鸡鸣：指天明之前。　昧旦：又叫昧爽，指天将亮的时间。

弋言加之，与子宜之：你若射中野鸭和大雁，为你做菜品尝它。
言，语助词。加，射中，一说"加豆"，食器。

宜：菜肴，作动词"烹调菜肴"。　御：用。此处是弹奏的意思。

来：借为"赉"，慰劳，关怀。

杂佩：古人配饰，上系珠、玉等，质料和形状都不一样，故
称杂佩。　顺：柔顺。　问：赠送。　好：爱恋。　报：赠物报答。

赏析

两千多年前的一座水滨的茅屋里，有雄鸡在屋角扑了扑翅膀，
发出了"喔喔——"的长声鸣叫，一位勤劳的妻子被这声音从睡
梦中惊醒，微微欠身，拍了拍还在沉睡的丈夫，说："鸡已经打
鸣了。"丈夫从酣睡中醒来，不太情愿地回道："天还没大亮呢。"
妻子不依不饶，催促着丈夫："你起身到外边看看，启明星已经
亮闪闪啦！"于是，丈夫乖乖地起身，两个人说说笑笑地出门去

猎水鸭和大雁。

猎来的水鸭和大雁，可以做成美味的佳肴，两个人相对而坐，喝一点酒，吃猎来的美味。拿起身边的琴瑟，女弹琴，男鼓瑟。夫妻"琴瑟和谐"，恩爱美满，岁月静好。

丈夫深知妻子对自己的"来之""顺之"与"好之"，便解下杂佩"赠之""问之"与"报之"。朴拙的杂佩没有什么价值，但彼此的懂得和珍惜，才最珍贵。

这是烟火尘世里，一个和谐美满的小家庭，一份夫妻恩爱的静好日子。

鸡

杞

将仲子

将 仲子兮，无踰我里，无折我树杞。
_{qiāng} _{qǐ}

岂敢爱之？畏我父母。

仲可怀也，父母之言，亦可畏也。

将仲子兮，无踰我墙，无折我树桑。

岂敢爱之？畏我诸兄。

仲可怀也，诸兄之言，亦可畏也。

将仲子兮，无踰我园，无折我树檀。

岂敢爱之？畏人之多言。

仲可怀也，人之多言，亦可畏也。

将：愿，请。 仲子：兄弟排行第二的称"仲"。

踰：翻越。 里：居也，五家为邻，五邻为里，里外有墙。

杞：木名，即杞柳。又名"檈"。

岂敢爱之：意为岂是吝啬那些树木。爱，吝惜。

檀：木名，常绿乔木。一名"紫檀"。

赏析

郑风是出自河南一带的民歌，那里的农村普遍种植的便是杞柳、桑树和檀木，微微散发着常和北风对抗的那份柔韧而清香的气息。

一个毛毛糙糙，率性鲁莽的小伙子，他爱上了一个姑娘，于是，"踰里""踰墙""踰园"，以及"折杞""折桑""折檀"，他急切粗猛地翻墙逾垣，攀树折枝去见她。

而姑娘呢？她心里是畏惧的，她畏"父母"、畏"诸兄"、畏"人之多言"，孟子说："不待父母之命，媒妁之言，钻穴隙相窥，逾墙相从，则父母国人皆贱之。"

但她也是深爱他的，于是嗔怪逾墙来见的小伙子，拒绝了他的求爱，对他很冷淡。但这不是她的本意，她是替他多方设想，并非让他不来，而是不要逾墙而来，能够更顺利地达到目的。希望小伙子带着良媒，正式地提亲，并且最好给自己的父母和诸兄留下好印象。

鲁莽的小伙子想到的只是眼前的情难自禁，而姑娘所想的却是和她的心上人的未来，这样的幽婉细致的心思不知道这个粗粗拉拉的小伙子是不是能够明白。

有女同车

有女同车，颜如舜华[huā]。将翱将翔，佩玉琼琚。彼美孟姜，洵[xún]美且都。

有女同行，颜如舜英。将翱将翔，佩玉将[qiāng]将。彼美孟姜，德音不忘。

同车：同乘一辆车。一说男子驾车到女家迎娶。

舜华：木槿花，即芙蓉花。

孟姜：本义姜姓长女，泛指美女。　洵：确实。　都：闲雅，美。

将将：即"锵锵"，玉石相互碰击摩擦发出的声音。

赏析

木槿花，又名"暮落花"，盛开于初夏，朝开而暮落，是谓"舜"也，它有着樱花般的艳丽，昙花般的短暂，惊艳一瞬，然后，摇落于枝头。

这"同车"的女子便是郑公子忽的新娘——陈妫，鲁隐公八年，木槿花盛开的四月，公子忽迎娶陈妫。经过了纳采、问名、纳吉、纳征、请期，终于到了亲迎。亲迎是大礼，他登上新娘的车子，并为之驾车，在车轮转动三圈之后，新郎下车，和新娘各自乘车，来到新郎家。

公子忽是郑庄公的嫡长子，齐桓公很器重他，要把大女儿文姜嫁给他，文姜就是诗中的美孟姜。他拒绝了，说"齐大，非吾耦也"。后来，他率领军队救齐，打败了戎师，齐桓公又要把另一个女儿嫁他，他又拒绝了，说："无事于齐，吾犹不敢。今以君命奔齐之急，而受室以归，是以师婚也。民其谓我何？"不愿以出师之名，换取自己的婚姻。

他娶了陈国的公主，容颜如木槿般艳美，行动如鸟儿飞翔般轻盈，婀娜多姿。她身佩琼琚，身份高贵，环佩轻响，性格文静娴雅。可是，郑国的百姓一方面赞美陈妫，一方面又有些遗憾，同时又赞美文姜"洵美且都""德音不忘"，说文姜不仅美貌，而且品德好。似乎，公子忽应该迎娶的是文姜。

齐国百姓明白，娶得陈妫的公子忽是多么的春风得意，可齐是大国。两国联姻，可以求得一种政治上的倚靠。那时候，文姜刚刚嫁到鲁国，她和亲哥哥的私情还没有昭然于天下。而当初如果公子忽没有拒婚，文姜不至于郁郁寡欢，她的亲哥哥不至于终日开解她，暗生情愫，就不会有后来的乱伦之祸。

公子忽呢，宠爱美人，荒疏了政治，公子忽的弟弟突，在宋国支持下，勾结大臣蔡仲，发动政变，夺取了君位，公子忽被赶出了郑国。

文姜，确是一位很有才能的女子，鲁桓公被害死之后，她帮助自己的儿子鲁庄公料理家务、处理政事，凭着她敏锐的政治直觉和左右逢源的手段，将一个羸弱的鲁国治理成了政治经济都相当强大富足的国家。倘公子忽娶了她，怎么会在政治上栽了那么大的跟头呢？

世事不可假设，有时候，这就是宿命，郑庄公要娶的是自己喜欢的女人和婚姻，齐文姜也注定要和自己的哥哥有一段孽缘。对于公子忽来说，他娶到了他最想要娶的女人，无论结局如何，他无所怨尤。

那一刻，他为她轻轻地转动了车轮，感受到了"有女同车，颜如舜华"的爱的快乐！那一刻，千金不换，千年不悔。

山有扶苏

山有扶苏，隰有荷华。不见子都，乃见狂且。

山有乔松，隰有游龙。不见子充，乃见狡童。

扶苏：唐棣。或解为小桑树。　隰：洼地。

华：同"花"。　子都、子充：古代美男子。

狂：狂妄的人。　且：助词。一说拙、钝也。

游龙：水草名。即荭草、水荭、红蓼。　狡童：狡猾的少年。

赏析

《毛诗正义》中说，郑国"右洛左济，前华后河，食溱洧焉"，郑国境内至少有五条河，洛水、济水、黄河、溱水、洧水，还有一座山，华山。可谓有山有水，树木丰茂，水草丰美。

高大的扶苏、挺拔的松树，还有娉婷的荷花，艳红的荭草，它们长在郑国的山岗和洼地，相伴而生，漫生出别样的风情。一个多情野性的姑娘，看见她所爱的小伙子，明明内心里有着轰然狂喜的，却故意要点着小伙子的鼻头，一顿俏骂。

她戏谑地拿话刺激他，说"不见子都，乃见狂且"，本来要找个美男子子都，结果却结识了你这个拙笨的傻瓜，"不见子充，乃见狡童"，本来要找个美男子子充，却遇到了你这个狡猾的小冤家。

这戏谑中，满是爱意，被骂的小伙子，满心的幸福喜悦。这散落于时空的风烟波动里的情愫，不可言传，却心意相通，似乎能够触摸得到。

荷

狡童

彼狡童兮，不与我言兮。维子之故，使我不能餐兮。
彼狡童兮，不与我食兮。维子之故，使我不能息兮。

狡童：美貌少年。狡，同"姣"，美好。一说为狡猾，如口
语说"滑头"之类，是戏谑之语。

维子：有解为维兹，即为此。或可解为，因为你。

赏析

一首明白如话的情诗，隔着两千五百年，不必注释，也看得
懂它其中的意思。

这是一对情人，抑或是一对夫妇，两个人之间发生了一些小
波折。女子娇嗔地怨怪男子，不跟她说话，也不跟她一起吃饭。
她为此而焦虑不安，被折磨得白天茶饭不思，夜晚辗转反侧，伤心、
痛苦到了极点。

她骂他"狡童"，说"你这坏东西""你这傻瓜"，骂中有
情，怨中有爱。一点小摩擦，让她如此心神不宁，紧张至此，可见，
两人平时恩爱融洽，连最小的摩擦都不曾有过，所以，偶然有一
点不愉快，就受不了了。她知道他不是真的不理她，不是真的生气，
可这点小矛盾，也让她愁苦难言，泪眼婆娑。

这不过是恋人间的甜蜜的波折，不久就会冰雪消融，情好如初。

爱情，有时候，就是本来粗手大脚的两个人挤在一起小心翼
翼地呼吸，仍然乐不思蜀。

黄鸟

褰裳

子惠思我，褰裳涉溱。子不我思，岂无他人？狂
童之狂也且！

子惠思我，褰裳涉洧。子不我思，岂无他士？狂童
之狂也且！

褰裳涉溱：揭起衣裳过河（来看我）。褰，揭起。溱，郑国水名，发源于今河南新密市东北。

不我思：不思念我。 狂童：谑称，犹言"傻小子"。狂，痴。

也且：作语气助词。 士：男子的通称。

洧：郑国水名，发源于今河南登封市东阳城出。

赏析

这是一首热恋中的女子和她所爱的男子相戏谑的情歌。和《狡童》中女子的温婉缠绵，深情款款完全不同，这女子泼辣、爽朗，落落大方。

她和恋人隔着溱水和洧水，相见不便，免不了等待的焦躁和疑虑，一咬牙，一跺脚，爽快地说："子惠思我，褰裳涉溱"，倘若你思念我，就提起衣襟渡溱水。这有点不讲道理，但也是思念心切，快人快语，不拖泥带水。

但她的心上人，似乎没及时来赴会，让她生气、伤心，但她毫不示弱，说，你若不想我，我难道就没有人爱！爱情本是你情我愿，两情相悦的事，倘若不爱，不如一别两宽。这般旷达任性，也是基于对爱情的自信、自强。一句"狂童之狂也且"，仿佛可见她破涕一笑，骂一句"你这个笨拙的大傻瓜！"这戏谑的调侃中，似是嗔怪，却满含深情。

爱一个人，不管山高路远，也要褰裳涉水来见，不然，就别怪有人恼你，骂你。其实，那是因为爱你。

麻

丰

子之丰兮，俟我乎巷兮。悔予不送兮。

子之昌兮，俟我乎堂兮。悔予不将兮。

衣锦褧衣，裳锦褧裳。叔兮伯兮，驾予与行。
jiǒng

裳锦褧裳，衣锦褧衣。叔兮伯兮，驾予与归。

丰：丰满，容颜美好貌。　　俟：等候。

悔予不送兮：后悔没能跟你一起走。予，我，此处指"我家"。
送，送女出嫁。致女曰送，亲迎曰逆。

昌：体魄健壮，棒。　　衣锦褧衣：穿上锦缎外衣。

叔、伯：此指男方来迎亲之人。

驾：驾车。古时结婚有亲迎礼，男子驾车至女家，亲自迎接
女子上车，一起回夫家。　　归：指女子出嫁归于男子之家。

赏析

丰，那是一个男子的面容：丰润美好；昌，那是一个男子的
体貌：健美壮实。

这样一个小伙子来求婚，姑娘不可能不动心。他是真诚的，
等她在巷口，等她在客堂，可姑娘却两次拒绝了他。是父母家庭
的压力使得她强自克制，违心去拒绝，还是这个姑娘太过矜持和
谨慎？

这拒绝让姑娘追悔莫及，"悔予不送兮！""悔予不将兮！"
她后悔没有跟他走，她在心里暗暗发誓，如果小伙子再次来求婚，
她再也不会拒绝了，她甚至开始憧憬起自己出嫁的幸福了，那时
候，她将穿上锦衣罩裙，把自己打扮得漂漂亮亮的，等他亲迎的
车驾来了，她将跟着他一起回去，嫁给他，做他的"宜室宜家"
的妻子。

婚姻的最初，或许会有一些波折，但这份憧憬，便似暖暖的
初阳升起在波光粼粼的长河边，一切都将会生机蓬勃起来，一切
都将会欢欣美好起来。

东门之墠

东门之墠，茹藘^{shàn rú lú}在阪^{bǎn}。其室则迩^{ěr}，其人甚远。

东门之栗，有践家室。岂不尔思？子不我即。

墠：经过整治的郊野平地。

茹藘：草名。即茜草，染料植物，可染红色，另可入药。

阪：小山坡。　迩：近。

有践：同"践践"，行列整齐的样子。

不尔思：即不思尔。不想念你。

不我即：即"不即我"。不亲近我。即，走进，接近。

赏析

农历四五月间，茜草开始抽出了新芽，慢慢地长得丰茸葱绿，到了九十月间，它会开出淡淡的黄色小花，经霜之后，结出子实。寒冬来临，挖出它的根须，洗净晾干，研成粉末，便能染出最鲜艳美丽的红，叫作茜纱红。

它长在一个姑娘的住所旁。一个爱她的小伙子久久伫立，室近人远，无由相会。空阔的广场上，茜草在风中摇曳，宛如姑娘的端庄大方，丰盈美丽，让凝望的小伙子，思绪如潮，无限惆怅。咫尺天涯，不能相见，该是多么痛苦煎熬。

一排排高大的栗树，挺拔繁茂，欣欣向荣。栗树丛下面的美好人家，屋舍俨然，那是小伙子的居所。她对小伙子有着太多的憧憬和热烈的期待，她默默地向意中人倾诉着内心的爱慕与忠贞，也怨怪小伙子明明知道她的心思，却不来她身边表明心迹。她的心声如怨如慕，如泣如诉，可见她被爱情折磨得憔悴难言，无限悲苦。

这是一首男女唱和的苦恋，一方追求，一方盼望，两情相悦，各自煎熬，彼此仁望，不能相近。他们是遭到了某种原因的阻扰。

爱情，在苦苦的纠葛和悲伤中，悄悄随着各自执着的心脉流向了生命的根须，深埋、风干、研磨、染织。把所有的激情酿成美丽的茜纱红。

子衿

青青子衿，悠悠我心，纵我不往，子宁不嗣音？
青青子佩，悠悠我思，纵我不往，子宁不来？
挑兮达兮，在城阙兮，一日不见，如三月兮。

青衿：周代读书人的服装。衿，即襟，衣领。

悠悠：忧思不断的样子。

宁：岂，难道。 嗣音：寄传音讯。嗣，同"诒"。

佩：这里指系佩玉的绶带。

挑兮达兮：独自走来走去的样子。挑，也作"佻"。

赏析

青色，是脱胎于蓝色的一种颜色，近似于深绿，有着最为柔和抒情的视觉感受，也有着最为清香的嗅觉联想。它是艾草和生长于水边的蒿草中和过的颜色，艾蒿自然而清郁的香气不经意地糅了进去，草香主清，是生命内在的收敛和涵养，最是贴近书香的气质。

一个热恋中的姑娘，在城门楼上，等着她的心上人，他是一位读书人，穿着青领的衣衫，腰上是佩着玉的青色绶带。他们相约在此见面。

久候不至，她在心里埋怨着心上人不来赴约，更怪他不捎信来。她在城门楼上久久地徘徊，盼望看到那个青衿读书人的身影。唱出"一日不见，如三月兮"的深挚相思，一日的物理时间，心理上却是三月般的煎熬。

　　"青青子衿，悠悠我心"，青衿士子的清香优雅，美丽姑娘的刻骨相思，如果把诗经比作一首抒情的长调，这应该是最低回抒情的一段。

　　钱钟书指出："《子衿》云：'纵我不往，子宁不嗣音？''子宁不来？'薄责己而厚望于人也，已开后世小说言情心理描绘矣。"

荼

出其东门

出其东门，有女如云。虽则如云，匪我思存。
缟衣綦巾，聊乐我员。出其闉阇，有女如荼。
虽则如荼，匪我思且。缟衣茹藘，聊可与娱。

匪我思存：大概的意思为"非我思念之人"。

缟：白色；素白绢。 綦巾：暗绿色头巾。

聊乐我员：大概意思是"才是我喜爱之人"。

闉阇：城门外的护门小城，即瓮城门。

荼：茅花，白色。比喻很多。

思且：思念，向往。且，语助词。一说慰藉。

茹藘：茜草，其根可制作绛红色染料。

赏析

郑国都城的东门外，是一片郊野，也是繁华之地，游人云集，热闹非凡，更是男女欢聚之所。尤其是到了春月，更是士女出游，谈情说爱的美妙时节。

东门外，"有女如云""有女如荼"，春月的郊野，美女众多，她们"如云"般体态轻盈，衣饰鲜丽，娇媚照眼。她们"如荼"般青春美好，恰似盛开的菅茅之花，笑靥粲然，婀娜多姿。虽然目眩神驰，但他的内心是笃定的。那些美女"匪我思存""匪我思且"，皆非男子心中所思所爱。

他的心上人，是那穿着素白的衣裳，系着绿巾或者绛红巾的

艾

姑娘，服饰简净，远不如东门外郊野的美女们花枝招展，但他对她情有独钟，"缟衣綦巾""缟衣茹藘"，均为"女服之贫贱者"，但只有她能"聊乐我员""聊可与娱"，让自己快乐，让自己心悦。两情相悦，就不必在意贵贱贫富，任他弱水三千，只取那一瓢。

盛装华服的众女，在"缟衣綦巾"的心上人面前，黯然失色，这是他一往情深、一心一意地专注爱情，照见了超越世俗贫贱的爱的动人和珍贵。

野有蔓草

野有蔓草，零露泞^{tuán}兮。有美一人，清扬婉兮。邂逅^{xiè hòu}相遇，适我愿兮。

野有蔓草，零露瀼^{ráng}瀼。有美一人，婉如清扬。邂逅相遇，与子偕臧^{cáng}。

蔓草：蔓延生长的草。蔓，蔓延。一说茂盛。

零：降落。　泞：形容露水多。

清扬：目以清明为美，扬亦明也，形容眉目漂亮传神。

婉：美好。　邂逅：不期而遇。

适：满足。　瀼：形容露水浓，多。

偕臧：一同藏匿，指消失在草木丛中。臧，同"藏"，善，好。

赏析

仲春季节的某个清晨，郊野成片的蔓草上，挂满了晶莹剔透的露珠，把大自然映衬得清新通透，传递着生命勃发的幽喜，似乎可以引发许多幽微而隐秘的情怀。

一个小伙子，不经意邂逅了一位美丽的姑娘，她"清扬婉兮""婉若清扬"，清亮的双眸，秀丽的眉眼，婉转多情，郊野宁静安谧，蔓草向着风的深处倒伏，清露在草尖上颤动，也许，他们是第一次遇见，惊艳不已；也许两个人早就两情相悦，在这个清晨不期而遇。

小伙子内心的喜悦难以自抑，说"邂逅相遇，适我愿兮"，这正是我所期望的，正合我的心意。那就"与子偕臧"，此刻，疯长的蔓草，有着草木特有的清芬，露珠润泽着草木，有着最清新的气息，旷野无边，四围寂寂。又何尝不是只属于他们俩的世界，两颗相爱的心遵从着大自然的提示，向着蔓草的深处，把青春的激情与冲动，演绎成一场浓烈醉人的情事。

那个时候，正是荒草漫天的岁月。那个时候的爱情，有着地老天荒地模样。

春秋时期，战争频繁，人口稀少。统治者为了繁育人口，允许大龄未婚男女在仲春时候自由相会，自由同居。《周礼》云："仲春之月，令会男女。于是时也，奔者不禁。若无故而不用令者，罚之。司男女之无夫家者而会之。"

诗中的蔓草，也因为形象丰美，到了隋唐时期，成为一种富有特色的装饰纹样，被称作"唐草"。

蔚

风雨

风雨凄凄，鸡鸣喈喈。既见君子，云胡不夷？
风雨潇潇，鸡鸣胶胶。既见君子，云胡不瘳？
风雨如晦，鸡鸣不已。既见君子，云胡不喜？

喈喈：鸡呼伴的叫声。

云胡不夷：怎么会不平静。胡，怎么。夷，平静。

胶胶：或作"嘐（jiāo）嘐"，鸡呼伴的叫声。

瘳：病愈，此指愁思萦怀的心病消除。　晦：昏暗。

赏析

　　一个"风雨如晦，鸡鸣不已"的早晨，一位苦苦怀人的女子，"既见君子"，喜出望外，狂喜之情，难以言表。

　　风雨潇潇，鸡鸣声声。可凄风苦雨，不及女子心中渴盼之苦，鸡鸣有时，君子却无归时。而这一刻，疾风凄雨中，君子归来，百般相思，千般愁怨，万般怅恨，刹那间化为相见的狂喜。

　　"既见"之时，风雨交加夜的耿耿难眠，鸡鸣声声时的动荡之思，都凝成了相见时的望外之喜。那些白日的"自伯之东，首如飞蓬"，夜间的"寤寐思服，辗转反侧"，都化为此时的"既见复关，载笑载言"和"维士与女，伊其相谑"的人间至乐。

　　鸡鸣从"喈喈""膠膠"到"不已"，天气从夜晦到晨晦，鸡鸣从声微至声高，女子的心情从"云胡不夷""云胡不瘳"到"云胡不喜"，可谓百转千回，从乍见时烦乱心绪顿时平复，到积思成疾的赫然痊愈，到最终确信的欢喜无限，难以掩饰，乃至于要大声疾呼。

　　久别重逢，风雨"凄凄""潇潇""如晦"，都不再是凄凉；鸡鸣"喈喈""膠膠""不已"，都不再心烦忧。

溱洧

溱与洧，方涣涣兮。士与女，方秉蕳兮。
（wěi）　　　　　　　　　　　　（jiān）

女曰观乎？士曰既且，且往观乎？洧之外，洵訏且乐。
　　　　　　（cú）　　　　　　　　　（xún xū）

维士与女，伊其相谑，赠之以勺药。

溱与洧，浏其清矣。士与女，殷其盈矣。

女曰观乎？士曰既且，且往观乎？洧之外，洵訏且乐。

维士与女，伊其将谑，赠之以勺药。

溱洧：郑国两条河名。　涣涣：河水解冻后奔腾貌。

蕳：一种兰草。又名大泽兰。

既且：大意为"已经去过了"。且：同"徂"，去，往。

且往观乎：大意为"再去看看"。且，再。

洵訏：实在宽广。洵，实在。訏，大。　伊：发语词。　相谑：
互相调笑。　勺药：即"芍药"，一种香草，与今之木芍药不同。

浏：水深而清的样子。　殷其盈：形容人多。殷，众多。盈，满。

赏析

郑国都城西南，有溱水、洧水流过，两岸的居民往往在三月
上巳，桃花下水时节，相聚于此，或涤素手，或濯素足，"招魂续魄，
以拔除不祥"，祈求幸福和安宁。男女青年也借此机会互诉心曲，
互吐衷情。

风和日丽，春光旖旎，郑国的青年男女，手持兰草，从都城
和乡村一起赶到碧波荡漾的溱水、洧水边，漫游在宽广的河畔，

他们成双成对，说说笑笑地谈心散步，彼此倾诉着爱慕之情，并互赠香草，表达心意。

一个姑娘撒娇地祈求一个小伙子："到溱水、洧水边去看看，好吗？"木讷的小伙子回答："我已经去过了。"姑娘再次祈求："再去看看吧！"小伙子当然抵挡不住姑娘热情的邀约，和她一起去了宽敞而热闹的水边。

这也许是给了他一个表达爱情的机会，"维士与女，伊其将谑，赠之以勺药"，士与女，结伴同游，相互戏谑，临别之际，采下一朵勺药，赠给心上人。

勺药，又名将离草，是深情、浓烈的情感世界里的一种寄托，将情有独钟的花语传递。溱水、洧水浩浩汤汤，两岸的风情漫漶绵延，活色生香。

芍药

齐风

　　《齐风》共有十一首。齐，本是西周初姜尚的封国，是春秋时期的一等大国。《齐风》就是这个区域的诗。《齐风》半数以上是关于婚娶和爱情的诗。其余几首或是反映人民对沉重劳役的不满，或是揭露齐襄公与其妹文姜通奸的丑行，或是描写田猎和射技等，风格多样。

鸡鸣

"鸡既鸣矣，朝既盈矣。""匪鸡则鸣，苍蝇之声。"
"东方明矣，朝既昌矣。""匪东方则明，月出之光。"
"虫飞薨薨，甘与子同梦。""会且归矣，无庶予子
憎。"

朝既盈：上朝的官员已满。朝：朝堂。一说早集。

匪鸡则鸣：那不是公鸡的啼鸣。匪，非。则，之、的。

昌：盛也。指朝堂人多。　薨薨：飞虫的振翅声。

甘：愿。　会：会朝，上朝。　且：将。

无庶：同"庶无"。庶，幸，希望。

予子憎：恨我、你，代词宾语前置。

赏析

这是一首妻子催促丈夫早起上朝的诗，诗中赞美的是贤妃还
是贤妇，不确定，但一定是一对贵族夫妇，却朴实恩爱一如寻常
小夫妻。

先是夫人于浓睡中惊醒，听到了雄鸡打鸣，赶紧温柔地叫醒
夫君："该早朝了，大夫们已经挤满朝堂了。"古代的制度，国
君鸡鸣即起，卿大夫则提前入朝侍君。丈夫却拖延懒起，敷衍说：
"这哪里是鸡鸣，分明是成群的飞蝇嗡嗡闹。"想来，鸡鸣、飞
蝇的声音差别那么大，若非听觉失灵，不至于二者不分。这是故
意逗弄妻子，趁机赖会儿床。夫妻之间的这点小情趣，彼此心知

肚明，只是很享受这样的变相撒娇，乐在其中，不愿点破。

接下来，室内已经一片白光了，她再次提醒丈夫："东方已经大亮了，卿大夫们已经济济一堂了。"丈夫再次狡辩："那不是天亮了，是月光照进来啦！"

夫人只好温柔解劝，黎明前，眼前本就像有千万只飞蝇在嗡嗡闹，自己何尝不想和他一起酣眠入梦，可是，时候不早了，大夫们就快要散朝了，最后一句"无庶予子憎"，已经有了嗔意了。想必丈夫也应声而起，嬉笑着去上朝了。

她对他的体贴入微的话，他听进去了，并愉快地去做，没有耽误该做的正事，她也不会因此被人指责，两个人之间的默契和体贴，就是最真实温暖的夫妻之爱。

著

俟我于著乎而，充耳以素乎而，尚之以琼华乎而。
<small>zhù</small>
俟我于庭乎而，充耳以青乎而，尚之以琼莹乎而。
俟我于堂乎而，充耳以黄乎而，尚之以琼英乎而。

著：正门与屏风之间叫著。古代婚娶在此处亲迎。

充耳：又叫"塞耳"，饰物，悬在冠之两侧。饰玉称瑱，因纨上圆结与瑱正好塞着两耳，故称"充耳"。　素：白色，这里指悬充耳的丝色。

华、莹、英：均指玉之色泽。一说琼华、琼莹、琼英皆美石之名。

庭：中庭。在大门之内，寝门之外。

青：与上文的"素"、下文的"黄"指各色丝线，代指纨。

赏析

这是一首写新郎迎亲的诗，也是一场饶有情趣的华夏古老的结婚仪式。

宋代朱熹《诗集传》："山东吕氏（吕祖谦）曰：昏礼，婿往妇家亲迎，既奠雁，御轮而先归，俟于门外，妇至则揖以入。时齐俗不亲迎，故妇至婿门，始见其俟己也。"

齐地的风俗虽然新郎不亲迎，但他要在门外等候，引导她入洞房。而新嫁娘在憧憬与慌乱中羞涩地抬眼看，只看见丈夫的背影，先是等在门屏之间，接着跨步迈入庭院，然后抬腿升阶入堂。

当时的热闹是可想而知的，左邻右舍，亲朋好友，都想一睹新娘的风采，涌动的人群，哄闹的场面，她似乎都漠不关心，她的眼里心里只有她的新郎一个，她低头瞟见了新郎的充耳，是由白、青、黄三种颜色的丝线组成，鲜明、丰富的色彩，闪烁着喜庆、簇新的光泽。充耳的玉瑱所用的琼玉，色泽晶莹，既显示了他尊贵的身份，又映衬出他容光焕发的风采。

那一刻，她心里有新郎"俟我"时，品咂出的绵绵情意，也有着新郎殷勤迎接时，感受到的满满的幸福，更有初见新郎的羞涩和对新郎的满意和赞美。

东方之日

东方之日兮，彼姝者子，在我室兮。在我室兮，履我即兮。

东方之月兮，彼姝者子，在我闼兮。在我闼兮，履我发兮。

日：比喻女子颜色盛美。　姝：貌美。

履我即：踩我膝。即，通"膝"。　闼：内门。一说内室。

发：走去，指蹑步相随。一说脚迹。

赏析

齐国，是姜子牙的地盘，他是周的开国重臣，成王在东海边画了一个圈，颁下命令："东至海，西至河，南至穆陵，北至无棣，五侯九伯，实得征之。"让他自治。他不仅不修周礼，反而顺应当地的习俗。以致民风非常开放。

《东方之日》里所歌的就是从朝阳初升到月上东山这段时间内，一个女子来到男子的家中留宿，两情缱绻的爱情。

极其简约的情节，"东方之日""东方之月"，稍加点染的行动，"入室""入闼""履即""履发"，无论是清晨，还是夜晚，两个相爱的人都厮守在一起。

相比于后世的艳词，写尽了"止乎衽席之间""忍极闺闱之内"的"雕琢蔓藻""清词巧制"，齐风里的艳情却显得端庄而大气，没有细节，只有极度的欢畅而发诸于外的喜悦的歌吟。

一个大胆直率的姑娘，一场甜蜜欢畅的幽会，在齐鲁大地上坦荡而真诚地呈现于日月之下。

载驱

载驱薄薄(bó)，簟茀朱鞹(diàn fú kuò)。鲁道有荡，齐子发夕。
四骊(lí)济济，垂辔(pèi)濔濔(nǐ)。鲁道有荡，齐子岂弟(kǎi tì)。
汶水汤汤(shāng)，行人彭彭。鲁道有荡，齐子翱翔(áo)。
汶水滔滔，行人儦儦(biāo)。鲁道有荡，齐子游敖。

薄薄：象声词，车马急驰声。一说鞭子策马声。

簟茀：竹席制的车帘。　朱鞹：红色皮革制的车盖。

鲁道：通向鲁国的道路。有荡：即"荡荡"，平坦的样子。

骊：黑色马。一车四马，故谓"四骊"。　济济：美好貌。
一说即"齐齐"，马行步调一致。

辔：马缰。　濔濔：柔软的样子。

岂弟：天刚亮。一说快乐而心不在焉貌。

汤汤：水势浩大貌。　彭彭：行人众多貌。

翱翔：犹"逍遥"，指遨游，自由自在之貌。

滔滔：水流浩荡。　儦儦：众多貌。一说行走貌。

游敖：即"游遨"，嬉戏，游乐。一说形容自得之态。

赏析

齐风里，《敝笱》《载驱》和《猗嗟》，其实，都在反复影射着一个人，她就是齐文姜。在《诗经》里被反复提及，皆是淫荡之极。

《载驱》里，文姜无耻地去和齐襄公私通。她早晚乘坐着车子，车声隆隆，用竹帘遮蔽着车窗，红色皮革做成的车盖非常豪华。"车声隆隆"是她私会的急切心情。"四骊济济"是无耻私会的大肆张扬。汶水汤汤，行人如织，鲁道平坦宽阔，华车来去自如，车里的文姜得意扬扬。一件丑事，却弄得如此招摇，真是恬不知耻。

史上的文姜不仅貌可倾城，且文采风流，是以，叫"文"姜。当时的齐国是大国，国力殷盛，划地而治，威名赫赫。当齐国的姐妹花成年之后，美名早已经誉满天下，各诸侯国的世子纷纷来到齐国的都城临淄，以期能够和齐国攀亲，娶得倾国倾城的美人。

其中郑国的公子忽，长得英俊威武，齐僖公有意把文姜嫁给他，文姜也是愿意的。但公子忽中意的是陈国的公主陈妫，一个骄傲的大国公主被拒婚，没有人知道她受到的打击有多重。而她的哥哥姜诸儿一定也是个心性温柔，善解人意的男子，他去解劝她，宽慰她，听她倾诉。一来二去，两个人产生了莫名的情愫。

齐僖公最终发现了这对兄妹之间不寻常的感情，于是，赶紧把她嫁给了鲁桓公。文姜十八年没能够回到齐国，没能够见到她的兄长姜诸儿。这十八年，她待在鲁桓公的身边，为他生了两个儿子，其中一个被封为世子，就是后来的鲁庄公。

后来，鲁桓公被害死。文姜也没有再回到鲁宫。她让儿子鲁庄公接她到了齐鲁之间的禚地。

后来的事情，在鲁国的《春秋》中也零星看到一些记载，当时，鲁桓公去世后，由文姜的儿子鲁庄公即位。于是，庄公二年"夫人姜氏会齐候于禚"，四年"夫人姜氏享齐候于祝丘"，五年"夫人姜氏如齐师"。七年夫人姜氏"会齐候于防"，又"会齐候与榖"。见面的方式和借口不一样，但确实是乱伦。

之后，她还帮助鲁庄公治理鲁国，凭着她在政治上敏锐的直觉和游刃有余的本领，不仅使得鲁国民殷国盛，而且还成为一个崛起的军事强国，在诸侯的战争中连连获胜。

齐襄公后来被他的手下杀死了，但文姜一直没有离开禚地。她也知道，无论是齐国还是鲁国，不会有人理解她，她还是在这非齐非鲁之地老死吧。这畸恋的苦，她只能一个人尝。

鸢

魏风

《魏风》即魏地的歌谣，共有七首。现存的魏诗虽然不多，但人民反对剥削和兵役的呼声却很高，除此之外，《魏风》中还可听到某些有识之士忧国忧时的嗟叹。

汾沮洳

彼汾沮洳，言采其莫。彼其之子，美无度。美无度，
殊异乎公路。

彼汾一方，言采其桑。彼其之子，美如英。美如英，
殊异乎公行。

彼汾一曲，言采其藚。彼其之子，美如玉。美如玉，
殊异乎公族。

汾：汾水。　沮洳：水边低湿的地方。

莫：草名。即酸模，又名羊蹄菜。多年生草本，嫩叶可食。

美无度：极言其美无比。度，衡量。

殊异：优异出众。　公路：官名。掌管王公宾祀之车驾的官吏。

公行：官名。掌管王公兵车的官吏。

曲：河道弯曲之处。　藚：药用植物，即泽泻草。

公族：公侯家族的人，指贵族子弟。

赏析

汾水清清，两岸蜿蜒绵长，有许多依傍着的泽地，生长着郁
郁青青的野菜，采摘野菜是农耕生活中很抒情的时光。

一个在汾水边采摘野菜的女子，在"沮洳""一方""一曲"，
在水边洼地、汾河河岸、汾河河弯采摘，时间在变化，地点在变换。
采摘的野菜种类也在变化，"采莫""采桑""采藚"，采摘着
酸模、桑叶、泽泻。不论这个痴情的女子干的是什么活儿，不论

在什么时间，什么地点，她都在思念着她的意中人。

她对思慕的意中人，一往情深，在她的心目中，他"美无度"美得无法形容；"美如英"，他的仪表美得像怒放的鲜花；"美如玉"，他的德行如美玉般光彩照人。并且他"殊异乎公路""殊异乎公行""殊异乎公族"，她的意中人，不仅长得漂亮，和这些公路、公行、公族相比，一点也不逊色。那么，他一定不是什么"公路""公行""公族"，他只是个普通的平民，却因为美好的形态和温润如玉的品性，让她无限倾心。

真正的爱永远与身份、地位等没有关系，那是心底里涌出的岩浆，只为遇到并心动的那个人迸发。她的爱情美好纯粹，一如魏国的山川草木。

蕡

伐檀

坎坎伐檀兮，寘之河之干兮。河水清且涟猗。
不稼不穑，胡取禾三百廛兮？不狩不猎，胡瞻尔庭
有县貆兮？彼君子兮，不素餐兮！

坎坎伐辐兮，寘之河之侧兮。河水清且直猗。
不稼不穑，胡取禾三百亿兮？不狩不猎，胡瞻尔庭
有县特兮？彼君子兮，不素食兮！

坎坎伐轮兮，寘之河之漘兮，河水清且沦猗。
不稼不穑，胡取禾三百囷兮？不狩不猎，胡瞻尔庭
有县鹑兮？彼君子兮，不素飧兮！

坎坎：象声词，伐木声。 寘：同"置"，放。

干：水边。 稼：耕种。 穑：收获。

三百廛：三百户农家所交的税。"三"，表示多，不是确数。
"廛"，缠的假借字，同束。 县：通"悬"，悬挂。

貆：猪獾。也有说是幼小的貉。 素餐：白吃饭，不劳而获。

辐：车轮上的辐条。 直：水流平直。

特：三岁大兽。 漘：水边。 沦：小波纹。

囷：束。一说圆形的谷仓。 飧：熟食，此泛指吃饭。

赏析

　　这是《诗经》中独具魅力的一首讽刺诗，讽刺奴隶主的不劳而获。

　　"坎坎伐檀兮""坎坎伐辐兮""坎坎伐轮兮"，伐木的"坎坎"声破空而来，那是伐木的奴隶在艰辛地劳动，铿锵有力，气冲霄汉。富有节奏感和音韵美。

　　在河水清清，泛起微澜的河边，伐木者们正在替奴隶主们砍伐树木造车，在艰苦繁重的劳作中，不由想到奴隶主们不用耕种劳作，却坐收粮租税赋，不用出狩打猎，院子里却挂满了猪獾野味。心中极为不平，不禁发出严厉的诘问。讽刺他们不过是白吃闲坐的寄生虫。

　　末句"彼君子兮，不素餐兮"，说这些奴隶主"那些大人老爷们，真不白白吃闲饭啊！"既是辛辣的讽刺与反语，也极富幽默感，使得全诗显出清新刚健的刚柔之美，洋溢着乐观的情绪。

　　参差错落的句式，时而低回，时而高亢的情感，音韵和谐的旋律，如溪水潺潺地流淌，清心悦耳。

稷

硕鼠

　　硕鼠硕鼠，无食我黍！三岁贯女(rǔ)，莫我肯顾。逝将去女，适彼乐土。乐土乐土，爰得我所。

　　硕鼠硕鼠，无食我麦！三岁贯女，莫我肯德。逝将去女，适彼乐国。乐国乐国，爰得我直。

　　硕鼠硕鼠，无食我苗！三岁贯女，莫我肯劳。逝将去女，适彼乐郊。乐郊乐郊，谁之永号？

硕鼠：大老鼠。一说田鼠。这里用来比喻贪得无厌的剥削者。

三岁贯女：侍奉你多年。三岁，多年，说明时间久。贯，借作"宦"，侍奉。女，同"汝"，你，指统治者。

逝将去女：发誓要离开你。逝，通"誓"。去，离开。

爱：乃，就。　德：感激之意。

国：域，即地方。　直：一说同"值"，报酬。

谁之永号：谁还会痛苦叹息。

赏析

老鼠的形象，丑陋又狡黠，具有贪婪、残忍、寄生的本性，用又肥又大的老鼠来比喻剥削者的贪婪成性，油滑狡诈，不顾百姓生死，真是贴切无比。

对于剥削者这人人憎恶的大老鼠，奴隶们先是呼告请求，无食"我黍""我麦""我苗"。继而斥责揭露，多年来辛苦劳动，可是剥削者却从来不顾他们的死活，给他们一点帮助和安慰。这是对他们残酷剥削的愤怒和控诉，带着无可奈何的怨恨。

他们向往着心中的"乐土"，可以过上无忧无虑的生活，这是他们无奈中的可怜的希望，在他们的想象里，除了这"重敛蚕食，不修其政"，到处是可恶的大老鼠之地，总能找到安居乐业，劳有所值，永无悲号的"乐土""乐国""乐郊"，这是他们美好的社会生活理想，他们对此充满了向往。

理想是灯，照亮的是几千年的抗争之路。

蟋蟀

唐风

　　《唐风》即唐地歌谣，共有十二首。唐，是周成王弟弟叔虞
的封国，其子燮父，改国号为晋。统治区大致包括今山西太原以
南沿汾水流域一带的地方。

蟋蟀

蟋蟀在堂，岁聿其莫。今我不乐，日月其除。无已大康，职思其居。好乐无荒，良士瞿瞿。

蟋蟀在堂，岁聿其逝。今我不乐，日月其迈。无已大康，职思其外。好乐无荒，良士蹶蹶。

蟋蟀在堂，役车其休。今我不乐，日月其慆。无已大康。职思其忧。好乐无荒，良士休休。

岁聿其莫：已至年终。聿，作语助。莫，古"暮"字。

日月其除：美好时光一去不返。

无已大康：不要过于安乐。大康，"大"同"泰"；一说同"太"，安乐。

职思其居：在其位谋其事。职，职事。居，所处的社会地位或环境。

瞿瞿：警惕瞻顾貌；一说敛也。　逝：去。

迈：义同"逝"，去，流逝。　蹶蹶：勤恳敏捷的样子。

役车：服役出差的车子。　慆：逝去。　休休：安闲的样子。

赏析

蟋蟀，也称百日虫，在地球上繁衍生息了至少 1.4 亿年，它天性孤独，不喜群居，"七月在野，八月在宇，九月在户，十月蟋蟀入我床下"，完成尘世间的百日之旅。诗中所说的"在堂"就是"在户"的九月，周代以农历的十月为次年的正月，那么，农历九、十月便是岁暮了。蟋蟀百日，人生不过百年，值此岁晚时闲，"今我不乐，日月其除"，何不及时行乐。

唐在今山西中部，"其地土瘠民贫，勤俭质朴"，这里素本勤俭的民风，却作此等旷达之语：如不及时宴饮行乐，那流逝的岁月就要抛弃我而去。其实，这不过是欲进故退，想要自儆而儆人罢了。叫人不要"无已大康"，过分耽于安乐，要"职思其居""职思其外""职思其忧"，好好想想自己应当承担的工作，对分外的事务也不能漠不关心，更不能只顾眼前，还要想到今后可能出现的忧患。这三章里的"三思"才是作者最想说的，要思内、思外而思忧，人有远虑，方无近忧。

这意味深长的"三戒"，反复强调的不过只是一句"好乐无荒"，喜欢玩乐，切不可荒废事业。作为良士，要时时警醒，勤勉不辍，乐而有节，方能心宽而安闲自得。

这一首年末述怀诗，开启了一种全新的诗风。姚际恒认为：古代感时惜物诗，可能"肇端于此"。

枢

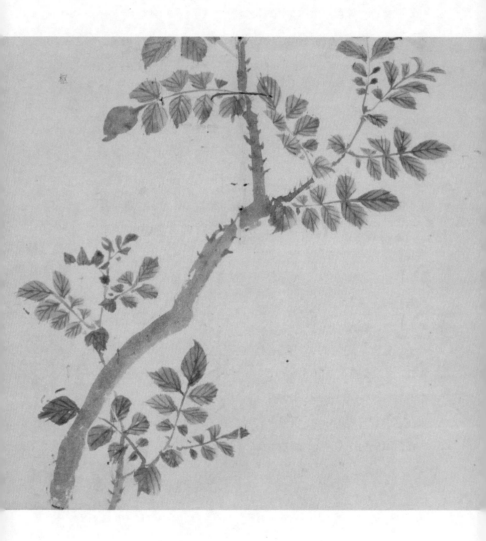

山有枢

山有枢，隰有榆。子有衣裳，弗曳弗娄。子有车马，弗驰弗驱。宛其死矣，他人是愉。

山有栲，隰有杻。子有廷内，弗洒弗扫。子有钟鼓，弗鼓弗考。宛其死矣，他人是保。

山有漆，隰有栗。子有酒食，何不日鼓瑟？且以喜乐，且以永日。宛其死矣，他人入室。

枢：臭椿树，一说刺榆。 隰：指低洼的地。
曳：拖。 娄：即"搂"，用手把衣服搂着提起来。
宛：通"菀"，萎死貌。 栲：即臭椿树。
杻：檍树，一说菩提树。 廷内：指庭院和堂室。
鼓、考：指敲打乐器。 保：占有。
永日：终日，即终日行乐。

赏析

这是一首诙谐幽默的讽刺诗，讽刺一位资历最老的守财奴。或者也是对其善意的规劝，让他及时行乐，从而能够"喜乐"，乃至"永乐"。

山丘、湿地上生长着刺榆、榆树、山樗、檍树、漆树、栗树，这只是起兴，与下文并无必然的联系，和现代民歌里的即兴起兴相似。

他的家里有好衣服，却不能"曳"之"娄"之，把自己穿戴得体体面面，家里有车马，却不能"驱"、"驰"，去参加郊游、骑射等休闲娱乐活动。家里有庭院房屋、编钟大鼓，却不去洒扫收拾，不去宴饮敲击，这并非寻常人家所能拥有的，可是他却不想住得舒服，不懂得休闲享乐。一旦死去，这些财富只会让他人欢愉，让他人居住享福。生前的"可憎可悲"就会变成死后的"可笑可叹"了。

那么，有好酒好饭，何不弹琴鼓瑟，敲钟击鼓，助其饮食，求得精神愉快，有益于健康长寿。"且以喜乐，且以永日"，因为每日"喜乐"，故能求得"永日"，延年益寿。

首章的衣裳、车马，次章的廷内、钟鼓，三章的酒食、乐器，极力铺陈了贵族的衣、行、住，钟鼓陈设。他热衷于聚敛财富，却舍不得耗费使用，可能是个悭吝成性的守财奴，一心想将家产留传给子孙后代。抑或是忙于聚财，而无暇去享用。那么，这个守财奴自己享用不到，连子孙也不一定能够享用到，总有一天要被别人完全占有。

他超出常人的可笑的行径，滑稽的思想，狭隘丑陋的嘴脸，尽在诙谐的讥讽之中了。

世事无常，生命短暂，人生在世，从物质上的富足，到精神上的喜乐，再到延年益寿，求得"永日"，善待生命，善待自己。

或许，这也是先民们慢慢觉醒的朴素的生命意识吧，无以对抗"死"，那便去思考"生"，生若喜乐，死亦无憾。

椒聊

椒聊之实，蕃衍盈升。彼其之子，硕大无朋。椒聊且，远条且。

椒聊之实，蕃衍盈匊。彼其之子，硕大且笃。椒聊且，远条且。

椒：花椒，其实味香浓，可作调料。

聊：同"朻"，亦作"朻""梂"，草木结成的一串串果实。一说"聊"指高木。

蕃衍：繁多。　盈：满。　升：量器名。

硕大：指身体高大强壮。　无朋：无比。　且：语末助词。

远条：指香气远扬。一说长长的枝条。条，长。

匊："掬"的古字，两手合捧。　笃：厚重。形容人体丰满高大。

赏析

花椒是一种落叶的小乔木。每年三月，春日迟迟，在慵懒的阳光里，泡种、条播，到了九月，就可以见到一串串红红的果子挂满在绿叶间。繁盛又喜人。花椒多子，果实红色，因古人有多子多福的意识，正好用来祝福妇人多子而美好。

聊，按照《尔雅》所注："朻者，聊。"《说文》里说："朻，高木也。"可知聊是朻之高木。高木给人以高大强壮的外观感受。是蓬勃而又昂扬着生机的。也正好用来比喻子之魁梧。

"椒聊之实，蕃衍盈升"，椒聊果实累累，已装满一升，这个妇人生了许多儿子，而且个个"硕大无朋"，长得魁梧高大，"椒聊且，远条且。"椒聊实在是树中的精英，枝叶繁茂，香气远播。就像这个令人崇敬的母亲。

妇人之子已多到"蕃衍盈匊"，像椒聊的果实一捧也捧不完。而且这些孩子"硕大且笃"，不仅外形高大健壮，而且人品笃厚。这个母亲实在是让人敬重和值得赞美的。

妇人多子，子又魁伟高大，品行笃厚。汉代便沿用"椒房"这个名词，来作为皇后的居所，取其多子吉祥之意。

椒

绸缪

绸缪束薪，三星在天。今夕何夕？见此良人。子兮子兮，如此良人何？

绸缪束刍，三星在隅。今夕何夕？见此邂逅。子兮子兮，如此邂逅何？

绸缪束楚，三星在户，见此粲者。子兮子兮，如此粲者何？

绸缪：缠绕，捆束。犹缠绵也。

束薪：捆扎的柴草，婚礼所用之物。此句喻夫妇同心，情意缠绵。　三星：即参星，主要由三颗星组成。

良人：丈夫，指新郎。　子兮：你呀。诗人兴奋自呼。

束刍：捆束的草料。　束楚：捆束的荆条。

粲者：漂亮的人，指新娘。粲，鲜明而美。

赏析

这个夜晚原本普通得一如从前，万里无云，凉月在天，三两颗小星，快乐地眨眼，入夜时分，周围一片静寂，然而，就在今夜，他和她初初相近。

新婚之夜，万里无云，凉月在天，三两颗小星，快乐地眨眼，两个步入婚姻的男女，喜不自胜，乐不可支，有着无法形容的幸福甜蜜。

唐在山西临汾到太原一带，可见许多露天的柴草垛，这是唐地的风貌，以此来起兴就很自然了。"束薪、束刍、束楚"，柴草相束，自然有亲密缠绕，紧密交束的意思，以此来象征结婚之喜。"三星在天"，因参星黄昏后始见于东方的天空，点明了结婚的时间。随着婚礼的进行，时间的推移，参星渐渐由"在天"而"在隅""在户"，时间也到了夜半了，洞房花烛，良宵已至。

"今夕何夕，见此良人？"这一问，带着一种俏皮而戏谑的味道，问新娘，在这千金一刻的良宵，见到心上人，太过惊喜，忘乎所以，会不会兴奋过度，连什么日子都记不起来了。新婚之夜，两情缱绻，新娘固然是情意绵绵，新郎何尝不是惊喜万分啊！"子兮子兮，如此良人何？""如此粲者何？"良宵佳夜，邂逅相见，彼此的心情是多么地不平静，仿佛身化轻烟，完全沉醉于爱情的甜蜜中，不知如何去亲昵对方，享受这新婚的欢乐。这是一种让人手足无措，却又惊喜莫名的欢愉。

如此良夜，如此的你，最是心醉的时分。

鸨羽

肃肃鸨羽，集于苞栩。王事靡盬，不能蓺稷黍。父母何怙？悠悠苍天，曷其有所？

肃肃鸨翼，集于苞棘。王事靡盬，不能蓺黍稷。父母何食？悠悠苍天，曷其有极？

肃肃鸨行，集于苞桑，王事靡盬，不能蓺稻粱。父母何尝？悠悠苍天，曷其有常？

肃肃：鸟翅扇动的响声。

鸨：俗名野雁。没有后趾，需不时扇动翅膀才能保持平衡，所以发出"肃肃"之声。

苞栩：丛密的栎树。栩，栎树，一名柞树。

王事靡盬：公事（指徭役）忙碌没有闲暇。盬，止息。

蓺：种植。 父母何怙：父母依靠谁。怙，依靠，凭恃。

曷其有所：何时才能回家。曷，何。所，住所。

棘：酸枣树，落叶灌木。

行：原指"翅根"，引申为鸟翅。

尝：吃。 常：正常。

鸨

148

赏析

　　这首诗是控诉无尽的徭役给人们带来的痛苦。它没有描述肉体上遭受的折磨，而是倾诉着精神上的痛苦。

　　征途遥遥，天色渐晚，你听，鸨鸟扑打着翅膀，发出不安的"肃肃"之声，惊惶地飞落在柞树上。鸨鸟就是野雁，它的爪有蹼却无后趾，平时只能凫水，奔走在草地和沼泽之间，根本无法抓握树枝在树上栖息。

　　鸨鸟所栖非所居，这和征人长期在外服役而不能在家安居务农、养家糊口多么相似。

　　《毛诗序》云："《鸨羽》，刺时也。昭公之后，大乱五世，君子下从征役，不得养其父母，而作是诗也。""王事靡盬"，王室的差事没完没了，回家的日子遥遥无期。年迈的父母，不能"蓺黍稷""蓺稻粱"，大量的田地荒芜失种。可父母"何怙""何食""何尝"，父母无依无靠，如何生活？

　　诗人只能呼天抢地，苍天遥远，大地辽阔，哪里才是自己的安居之所？思乡思亲的痛苦与折磨，让人潸然泪下。

　　诗人由鸨鸟的栖非所居，想到由于"王事靡盬"，自己的居无定所，从而盼望王事休止，徭役有"极"，有个尽头，自己也好回到家乡，侍奉父母，让父母有所依靠，吃饱穿暖。但是，他只能沉浸在忧愁之中，难以驱散心头的阴霾，发出沉痛的呐喊。

　　大乱之中，谁又能听得见这微不足道的呼喊？时代的灰烬里，自始自终湮埋着的都是小人物沉重的喘息。

葛生

葛生蒙楚，蔹^{liǎn}蔓于野。予美亡此，谁与独处？
葛生蒙棘，蔹蔓于域。予美亡此，谁与独息？
角枕粲兮，锦衾烂兮。予美亡此，谁与独旦？
夏之日，冬之夜。百岁之后，归于其居。
冬之夜，夏之日。百岁之后，归于其室。

蒙：覆盖。　楚：灌木名，即牡荆。
蔹：一种蔓生植物，俗称野葡萄，依附于树上才能生存。
予美：我的爱人。　亡此：死于此处。此指死后埋葬在此处。
谁与：谁和他在一起。指丈夫独眠地下。
棘：酸枣，有棘刺的灌木。　域：指墓地。
角枕：死者用的以兽骨做装饰的枕头。　粲：同"灿"，华美鲜明的样子。　锦衾：装殓死者用的锦缎褥。
夏之日，冬之夜：夏日长，冬夜长，言时间长也。
其居、其室：亡夫的墓穴。

赏析

　　这是中国传世作品中最早的悼亡诗，也是和着血和泪的哀歌。
　　荒凉的郊野，蔓生的葛藤和蔹草缠绕覆盖着荆树和枣树，引蔓于墓地，在广阔的天地之间，更显得荒芜凄冷，葛藤和蔹草尚且有所依附，而女子却失去所依，"予美亡此"，我的爱人已离去，一个人"独处""独息""独旦"，一座孤坟，没有人与他相伴，他独自躺在旷野，安息在地下，睡在灿灿的角枕上，裹着锦缎的褥子，独自到天亮，说不尽的凄怆悲凉。

夏日昼长，冬夜漫漫，日复一日，年复一年，刻骨的忧思，无限的凄怆，让时间变得如此漫长，度日如年。这满腔的悲苦酸辛，最后都归结到"百岁之后，归于其居"。生不能白头，但求死后墓穴同眠，同归大荒。

生同衾，死同穴，这是承载着夫妇弥笃情深的生命之旅的最终归宿。

蔹

蕡

采苓

采苓采苓，首阳之巅。人之为言，苟亦无信。舍旃
舍旃，苟亦无然。人之为言，胡得焉？

采苦采苦，首阳之下。人之为言，苟亦无与。舍旃
舍旃，苟亦无然。人之为言，胡得焉？

采葑采葑，首阳之东。人之为言，苟亦无从。舍旃
舍旃，苟亦无然。人之为言，胡得焉？

152

苓：旧以为甘草。一说为莲，苓，与“莲”通用。

首阳：山名，在今山西永济县南，即雷首山。

为言：即“伪言”，谎话。为，通“伪”。

苟亦无信：不要轻信。苟，诚，确实。

舍旃：放弃它吧。舍，放弃。旃，“之焉”的合声，代词“之”。

无然：不要以为然。然，是。　苦：即所谓的苦菜，野生可食。

无与：不要理会。与，许可，赞许。

葑：即芜菁，又叫蔓菁，大头菜之类的蔬菜。

赏析

这是一首劝诫别人不要听信谗言的诗。

全诗以“采苓采苓，首阳之颠”“采苦采苦，首阳之下”“采葑采葑，首阳之东”起兴，苓，就是甘草，它生长在干燥向阳的土地上，苦，就是野生的苦菜，它生长在田野泽畔，葑，就是芜菁，种植在人家的菜园里。这三种菜，在首阳山上都是采不到的。所以，谗言是不可信的。

人们对待谗言要有三种态度：“无信”“无与”“无从”，谗言，内容一定是虚假的，不可信；具有一定的蛊惑性，不可理它；对于谗言的挑唆，更不能信从。意思是，对于谗言，首先要意识到它的不可信，其次不要参与传播，更不能听信谗言折磨自己，这是一种递进的关系。倘若人们真是做到对谗言“无信”“无与”“无从”，那么谗言就无法传播，造谣者也就徒劳无功了。

“舍旃舍旃”，别听信啊别听信，这反复的叮咛，进一步点明谗言的不可靠，要舍弃它们，不要信以为真，否则只会是害人害己。

蒹葭

秦风

　　《秦风》，即秦地的歌谣，共有十首。

　　古秦国原址在犬戎（今陕西兴平东南）。东周初，因秦襄公护送周平王东迁有功，开始列为诸侯，改建都于雍（今陕西凤翔），自此逐渐强大起来。统治区大致包括陕西中部和甘肃东南部。《秦风》就是这个区域的诗。

蒹葭

蒹葭苍苍，白露为霜。所谓伊人，在水一方。
jiān jiā

溯洄从之，道阻且长。溯游从之，宛在水中央。
sù

蒹葭凄凄，白露未晞。所谓伊人，在水之湄。
xī

溯洄从之，道阻且跻。溯游从之，宛在水中坻。
jī　　*chí*

蒹葭采采，白露未已。所谓伊人，在水之涘。
sì

溯洄从之，道阻且右。溯游从之，宛在水中沚。
zhǐ

蒹葭：初生的芦苇。　苍苍：茂盛的样子。

伊人：那个人，指所思慕的对象。

溯洄从之：逆流而上去找她。　溯游：顺流而下。

晞：干，晒干。　湄：水和草交接的地方，也就是岸边。

跻：升，高起，指道路越走越高。　坻：水中小岛。

采采：茂盛的样子。　涘：水边。

右：迂回曲折。　沚：水中的小块陆地。

赏析

《秦风》之诗，大多尚武，且慷慨悲壮。

而此诗却是一首缠绵凄婉，飘逸清远的情歌，表达了对心上人的憧憬、追求，和求之不得的失望、怅惘的感情。

两千多年前的秋水河畔，长满了芦苇，青绿的苇叶密密匝匝，紧紧挤挨着，呼啸的岁月和静默的历史都在长长的舒展的叶片间清新如初，苍苍莽莽，最易触动多情的心扉。拂晓时分，深秋的白露在芦苇上结了一层洁白的霜花，更显得萧瑟凄清，寂寥冷寂。

一个多情的男子，伫立在河边，透过薄雾和芦苇丛，凝视着对岸，那里，有位"伊人"，是他梦寐以求的心上人。

时间在推移，白露"为霜""未晞""未已"，可见他伫立时间之久，思念之诚挚；虽然，"道阻且长""道阻且跻""道阻且右"，为了她，他愿意"溯洄从之""溯流从之"，哪怕越过无数的险阻，哪怕路途曲折艰难。他都不畏险阻，百折不挠，执着地追寻，可见其热烈坚定，坚贞不渝。这是一路神采飞扬的意绪，这是内心百折不挠的渴盼，他往复于其间，百折不挠。可伊人终究是可望不可即。

从露浓到露滴，是一段长长的心路上的徘徊挣扎，是一个人的世界里潮起潮落的哀伤，风露还未逝去，伊人还在蒹葭凄凄的水之一方，一段永远无法企及的距离，横亘在那里，那是一种伫望的痛苦，是一段永远无法到达的凄婉与忧伤。

诗中男主人公始终在我们眼前，他的追寻、失意和深情，历历可见。清秋晨露、萧瑟冷寂，不是爱情最好的时节，故"蒹葭苍苍"乃为失时；他追寻的"伊人"，始终"在水一方"，这是失人；他追寻的道路也是"溯洄""溯游"才能"从之"，故是失所，在错误的时间，错误的地点，追寻着一个错误的人，也是天意弄人吧。

相反，诗中的女主人公却从未现身，这"伊人"不知性别，也没有确定的居所，她始终"在水一方""在水之湄""在水之涘"，又似乎在"水中央""水中坻""水中沚"，若隐若现，虚无缥缈，神秘莫测，让人感到可亲、可敬、可爱，却又不可及、不可求、不可得。飘逸神秘，风致婉然，给人一种朦胧、不可捉摸之美。

王国维说："《蒹葭》一篇，最得风人深致。"

椅

无衣

　　岂曰无衣？与子同袍。王于兴师，修我戈矛，与子同仇。

　　岂曰无衣？与子同泽。王于兴师，修我矛戟，与子偕作。

　　岂曰无衣？与子同裳。王于兴师，修我甲兵，与子偕行。

袍：长袍，即今之斗篷。

王：此指秦君。一说指周天子。　于：语助词。

同仇：共同对敌。

泽：通"襗"，内衣。

作：起。　偕作：互相协作。

裳：下衣，此指战裙。

甲兵：铠甲与兵器。

赏析

这是一首军中战歌，或者就是中国历史上的第一首军歌。大约写的是秦民奉周王之命抗击西戎的事。

古制，礼乐征伐自天子出，这次战争是"王于兴师"，打的是周天子的旗号，表明这场战争是正义的。在战争中，战士们互相关心，同心同德，他们"同袍""同泽""同裳"，袍是外衣，泽是内衣，裳是下衣，从外到内，从上到下，一层深似一层，表明战士之间亲密无间。他们"同仇""偕作""偕行"，同仇敌忾，统一行动，共同赴敌。

他们"修我戈矛""修我矛戟""修我甲兵"，磨砺好武器，去同共同的敌人战斗。当他们迈着整齐的步伐，反复唱着这支军歌奔赴战场时，有着何等的慷慨激昂、豪迈乐观的气势和力量！为了保卫家园，他们舍生忘死，英勇抗敌。

秦人好战，秦的发展、壮大的历史，就是一部战争史。这支战歌，是凝聚着秦人血性与魂魄的慷慨壮歌。

栩

陈风

《陈风》，即陈地的歌谣，共有十首。

陈，周代诸侯国。公元前二世纪，周武王灭商建立周朝，封舜帝后裔妫满于陈，即现在的河南省淮阳，建陈国。其地域大致包括今河南东部和安徽西北的部分地区。《陈风》中的诗既有歌舞祭祀的民情风俗，又有优美绝伦的浪漫情怀，还有辛辣犀利的政治讽喻。

东门之枌

东门之枌(fén)，宛丘之栩(xǔ)。子仲之子，婆娑其下。
穀(gǔ)旦于差(chāi)，南方之原。不绩其麻，市也婆娑。
穀旦于逝，越以鬷(zōng)迈。视尔如荍(qiáo)，贻我握椒。

枌：枌，白榆。　栩：栎。柞树。

子仲：陈国的姓氏。

婆娑：舞蹈时旋转摇摆的样子。

穀旦：良辰，好日子。　差：选择。

原：高平之地，即原野。即上章"东门""宛丘"之地。

绩：把麻搓成线。　市：集市。　逝：往，赶。

越以：发语词。　鬷：会聚，聚集。　迈：走，行。

荍：荆葵花。　握椒：成束花椒。

赏析

　　这是一首描绘青年男女歌舞欢会，相互赠答的情歌，朱熹《诗集传》曰："此男女聚会歌舞，而赋其事以相乐也。"

　　每逢春光明媚的"穀旦"祭祀狂欢日，陈国的少女们都会来到"南方之原"，那是陈国的东门外的宛丘，有高大的榆树，和密密的柞树，他们在古木参天的浓阴下，绿草萋萋的草地上，纵情地唱歌跳舞，热烈地倾吐恋情。朱熹《诗集传》云："差择善旦以会于南方之原。"

　　青年男女们载歌载舞，热闹非凡，尤为惹人注目的便是陈国的贵族子仲家的姑娘，她翩翩起舞，轻舞婆娑，风姿曼妙，吸引了无数的目光，青春的健美与丰润在激情的舞蹈中流淌。吸引了诗中的主人公——一个小伙子炽烈的目光，在小伙的眼睛里，姑娘美如娇艳的荆葵花。面对小伙的情歌宛转，情意绵绵，姑娘大胆地送他一束花椒来表白。

爱情之花，在陈国的宛丘，在宛丘的欢会上，悄然绽放。

榆树的高大挺拔，柞树的茂盛丰密，荆葵花娇艳的紫，花椒里浓烈的情意，在春天的郊野，演绎着烂漫娇娆的陈国风情。

葼

东门之池

东门之池，可以沤^{òu}麻。彼美淑姬，可与晤^{wù}歌。
东门之池，可以沤纻^{zhù}。彼美淑姬，可与晤语。
东门之池，可以沤菅^{jiān}。彼美淑姬，可与晤言。

池：护城河。一说水池。

沤麻：浸泡麻。纺麻之前先用水将其泡软，才能剥下麻皮，用以织麻布。下面"沤纻"，是同样的农事。

淑：善，美。一作"叔"，指排行第三。　姬：周之姓。

晤歌：下面的"晤语"意思相同，都是男女青年在沤麻、洗麻时相聚谈笑唱歌，增进感情。　纻：纻麻。

菅：菅草。芦荻一类的多年生草本植物，其茎浸渍剥取后可以编草鞋。

赏析

陈国的东门外是一弯护城河，河水清澈见底，河边遍植着榆树，风景秀丽，是休憩和欢会的好地方。也是沤泡麻和菅的地方，麻和菅都是一种长纤维的植物，前者可以纺纱织布，后者可以用来搓绳编草鞋。长久浸泡的麻，从水中捞出，洗去泡出的浆液，剥离麻皮，是一种相当艰苦的劳动。

一个小伙子，见到了一位正在沤麻的姑娘，贤淑美丽的姑娘，激起了他的爱慕之情，于是，他主动上前对歌。这对歌，既是婉转地表达爱慕的心意，也是一种试探。一番对歌后，双方都互有好感，于是，也许就在东门外的黄麻堆边，他们"晤语"了，拉起了家常，这是进一步的情谈，两个人相谈甚欢，接下来，就到了"晤言"了，"语"和"言"是有区别的，"语"是相互的问答，而"言"却是直抒己意，随着情意的加深，小伙子要向这个姑娘袒露自己的心声了。

从初见的心悦，到晤谈的适意，心中的爱慕在一点一点地积聚，两颗年轻的心早已经相契相亲，表白心意，已是水到渠成了。

我们的先民们非常聪明和灵慧，他们轻易就找到了大自然和人类情感的隐秘联系，那"麻、纻和菅"经水沤过之后会变得柔软，而那个心思细腻的小伙子何尝不是在沤麻？他看上了那个姑娘，但是，他没有莽撞地前去求爱。他和她对歌，和她晤谈，一点一点，引领着姑娘走向那个用爱情编织的温柔的网，使得她也有了似水柔情，接下来的表白，她还能够拒绝吗？这个小伙子用他的智慧慢慢把这个美丽的姑娘给沤软了。

爱情，有时候就是不能莽撞和着急，得小火慢慢焙着，到了一定的温度，才有香气溢出，之后，才会米熟菜糜，水到渠成。

东门之杨

东门之杨，其叶牂牂(zāng)。昏以为期，明星煌煌。
东门之杨，其叶肺肺(pèi)。昏以为期，明星晢晢(zhé)。

牂牂：风吹树叶的响声。一说枝叶茂盛的样子。

昏认为期：认黄昏为相约之期。

明星：明亮的星星。一说启明星，晨见东方。 煌煌：明亮的样子。

肺肺：义犹"牂牂"，枝叶茂盛的样子。 晢晢：明亮的样子。

赏析

这是一首写男女约会而久候不至的诗。

陈国的东门外注定有很多爱情的故事，那里长着高高的榆树，茂密的柞树，清澈的护城河，也有高而直的白杨，白杨树枝繁叶茂，这片杨树林就是这对男女约会的地点，黄昏是他们约会的时间。

姑娘先到了，黄昏时分，天地一片朦胧和宁静。夜色渐临，她站在白杨树下焦急地等待着心上人，周围是如此的静谧，风吹着杨树的叶子，发出"牂牂、肺肺"的声音也清晰可闻，晚风轻轻地吹在她的面颊上，她的心情无比激动。

他们原来约定的时间是黄昏，不知道什么原因，他失约了，她从太阳刚落山等到满天星光闪烁，还不见心上人的身影，抬头看见东方的启明星高挂在天空，今夜如此美好，姑娘却无心欣赏，她在焦急中盼望着她的情郎。

月上柳梢头，人约黄昏后。小伙子没有来，爱情也有失约的时候，但两心相恋，两情相悦，这点波折一定是经得起的。

泽陂

彼泽之陂，有蒲与荷。有美一人，伤如之何？寤寐
无为，涕泗滂沱。
彼泽之陂，有蒲与蕳。有美一人，硕大且卷。寤寐
无为，中心悁悁。
彼泽之陂，有蒲菡萏。有美一人，硕大且俨。寤寐
无为，辗转伏枕。

泽：池塘。　陂：堤岸。　蒲：香蒲，多年生草本植物，多
生在河滩上。　伤：因思念而忧伤。　无为：没有办法。

涕：眼泪。　泗：鼻涕。　滂沱：本意是形容雨下得很大，
此处比喻眼泪流得很多，哭得厉害。

蕳：莲蓬，荷花的果实。　卷：头发卷曲而美好的样子。

悁悁：忧伤愁闷的样子。　菡萏：荷花，莲花。

俨：庄重威严，端庄矜持。

赏析

陈国深处中原，地近江南，风物里自然也有江南的影子，譬
如蒲草和荷花。它们常是水中的芳邻，蒲草的柔弱与坚韧，荷花
的清芬与婷婷，让读诗的心，一下子清澈明净，清香四溢了。

池塘里生长着蒲草和荷花，蓬勃的生命最易触动蓬勃的情感，
一个女子，热烈深情地爱上了一个路过池塘边的男子，可是，郎
心无意或者根本不知。这个男子"硕大且卷""硕大且俨"，身

材高大，容貌出众，风度翩翩。可是，"有美一人"不可见，不可亲，这个女子除了忧伤痛苦，又能怎么样呢？

荷花从生长、绽放到结出莲子，即诗中的从"蒲与荷"到"蒲与蕑"，时候已至春夏之交，这个女子也只能是"寤寐无为"，日夜思念，无法成眠，只能"涕泗滂沱""中心悁悁""辗转伏枕"，哭得眼泪哗哗，心中郁郁寡欢，夜夜辗转难眠了。

如果说"涕泗滂沱"只是热烈的倾慕，那么"中心悁悁"便是相思的刻骨，已不是一时的激动，而是深入内心的郁闷不乐、惆怅不已了，最终到了"辗转伏枕"的痛苦折磨，层层递进的感情变化，便在这重章复沓的反复吟唱中，纤毫毕现。

一个女子思慕男子，无限的怀春之情，浓烈的缠绵之恋都跃然纸上，一位纯洁、美丽、坚贞的少女，执着地追求自己的理想爱人，充满着对幸福的渴望，却又矜持自尊，这样苦苦地折磨着自己，只热烈地赞美他，忧伤地思念他，有着沉郁幽怨的克制之美。

在荷前相遇，这是一个美丽的开始。这看似不着痕迹的生命与生命之间的暗示与牵引，便有了一段缠绵悱恻的单相思。在苍茫沉浮的尘世间，在水波动荡的生命里，雨打风吹，到了最后，是不是只剩下如蒲草般瘦弱的爱的幻影？

著

月 出

月出皎兮，佼人僚兮。舒窈纠兮，劳心悄兮！
jiǎo liǎo

月出皓兮，佼人𢛢兮。舒忧受兮，劳心慅兮！
liǔ cǎo

月出照兮，佼人燎兮。舒夭绍兮，劳心惨兮！
cǎo

佼：同"姣"，美好。

佼人僚：大意为美人是那么美。佼人，美人。僚，美。

167

舒窈纠：舒缓而体态优雅。舒，缓慢。窈纠，形容体态之美。

劳心悄：思念至忧心。劳心，形容思念之苦。悄，深忧。

懰：形容女人走路舒迟婀娜的样子。　慢：仪态轻盈。

慅：忧愁，心神不安。　燎：明也。一说姣美。

夭绍：形容女子风姿绰绝。　惨：当为"懆（cǎo）"，焦躁貌。

赏析

有人说："中国的月亮从《诗经》里升起。"说的就是陈风里的这篇《月出》吧。

这是一首月下怀念美人的诗。美人如月，可望而不可即，可想而不可见，这让人多么心烦意乱，忧思不已啊！

在一个静谧的夜晚，月亮出来了，"月出皎兮""月出皓兮""月出照兮"，月光皎洁、明亮、光照大地。明明如月，最是动人相思，一个青年男子在月下思念他心中爱慕的姑娘。她是如此美丽俊俏，"佼人僚兮""佼人懰兮""佼人燎兮"，她美好、娇艳、明丽、白皙。她行动起来如此的安闲、轻缓，如林妹妹般娴静柔弱。她的体态如此的轻盈秀美，"窈纠""懮受""夭绍"，婀娜多姿，娇娆曼妙。

诗人将思慕的美人置于月下，使得月光与美人交相映衬，女子的容色之美、体态之美，在朦胧的月色之下，更见朦胧神秘，美不可即之感。让人联想到，这是个值得追求的姑娘，她有着如花似月的容貌，有着明月般纯洁的心灵，她就是天上的明月，见之忘俗，却遥不可及。

《月出》首次把望月和思念联系在一起，此后，便漫浸了中国文学的篇章，对月怀人、望月思乡，悄悄潜入了世世代代诗人的血液里，月光泼洒的中国文学史一地皎洁。

莠

桧风

"桧风",即桧地的歌谣。桧地在今河南新郑、新镇、荥阳、密县一带。其君妘姓,祝融之后。周平王初,为郑武公所灭,其地为郑所有。今存诗四篇,一般认为都是邻亡国之前的诗,格调低沉忧伤。

羔裘

羔裘逍遥，狐裘以朝^{cháo}。岂不尔思，劳心忉忉^{dāo}。

羔裘翱翔，狐裘在堂。岂不尔思，我心忧伤。

羔裘如膏，日出有曜^{yào}。岂不尔思，中心是悼。

羔裘：羊羔皮袄。逍遥：悠闲游荡之貌。

狐裘以朝：上朝时穿着狐裘，指所恋男子的官服衣着。

不尔思：即"不思尔"。 忉忉：忧思不安貌。

翱翔：鸟儿回旋飞，比喻人行动悠闲自得。 在堂：站在朝堂上。 膏：油脂，这里形容皮毛光洁。

曜：光耀。 悼：悲伤。

赏析

这首诗就是桧国（邻国）即将灭亡时期的作品。

桧国国君耽于奢华而忽视政治，桧国大臣谏而不听，被迫离去时作此诗，表达了身处末世的臣子深切的忧虑和无比的痛心。

桧国为西周初期周武王封置的磏姓侯爵小国，为高辛氏火正祝融之后。国小而迫，可是，国君每日只知道穿着上好的羔皮皮袄，到处逍遥、享乐，上朝时则穿上更为华贵的狐皮袍子摆派头。国家危机四伏、亡国之祸，迫在眉睫，作为国君，却麻木不仁，骄奢淫逸。

从"逍遥"到"翱翔"，国君沉溺于游乐之心，也愈演愈烈。"羔裘如膏，日出有曜"，羔裘在日光照耀下柔润发亮犹如膏脂，如此光泽发亮的羔裘，本来能给人雍容华贵的悦目感觉，但在忧心如焚的臣子眼里，却是如此刺目，国之将亡，国君却如此放纵自己，为华服而自鸣得意、置国家安危于不顾。

诗中忧心国事的士大夫的形象，更是无比鲜明：他看到国君如此，先是"劳心忉忉"，不住地忧虑；再到"我心忧伤"，感到忧愁悲伤；最后是"中心是悼"，内心沉痛至极。他关心国事，忧心如焚，却又无能为力、情不能自已。这种忧国的愁思，深重而绵长。

统治者缺少忧患意识，最终令桧国国势日渐衰微，平王东迁后不久，即被郑武公所灭。

一说这诗写一位女子思念她心仪的穿着羔裘的男子，表现了她相思的痛苦。

隰有苌楚

隰有 苌 楚，猗傩其枝。夭之沃沃，乐子之无知！

隰有苌楚，猗傩其华。夭之沃沃，乐子之无家！

隰有苌楚，猗傩其实。夭之沃沃，乐子之无室！

隰：低湿的地方。　苌楚：藤科植物，今称羊桃，又叫猕猴桃。

猗傩：同"婀娜"，茂盛而柔美的样子。

夭：少刃，此指幼嫩。　沃沃：形容叶子润泽的样子。

乐：喜，这里有羡慕之意。　子：指苌楚。

无家：没有家庭。家，谓婚配。　无室：没有家室拖累。

赏析

桧国在东周初年被郑国所灭，此诗大约是桧将亡时的作品。

朱熹《诗集传》云："政烦赋重，人不堪其苦，叹其不如草木之无知而无忧也。"姚际恒说："此篇为遭乱而贫窭，不能赡其妻子之诗。"

"苌楚"，今称羊桃，也叫猕猴桃，它生长在"隰"，低洼潮湿的地方，却依然猗傩"其枝""其华""其实"，枝繁叶茂，花美果肥。羊桃"夭之沃沃"，鲜嫩润泽，惹得这个写诗的桧国人感叹羡慕，羡慕它"无知""无家""无室"。

羊桃树可见其繁茂却不见其忧愁，羊桃花尽情开放却无家室之苦，羊桃果实累累却无家室之累。植物没有感情，不为痛苦所困，没有家室之愁，实在是值得羡慕。人自叹不如草木快乐，或是赋税苛重，或是社会乱离，或是遭遇悲惨，或是嗟老伤生，诗人必然有着重大的不幸，受着痛苦折磨，才会有"人不如草木"之感。

末世多哀歌，苌楚无知而乐，人有室而不乐，亡国之音，多为悲风。

茖

曹风

　　曹风，即曹国的歌谣。曹国在今山东的菏泽、定陶、曹州一带。周武王封其弟叔振铎于此，公元前五世纪为宋所灭。今存诗四篇。内容有感叹人生短暂的，有叹息盛衰无常的，有讽刺小人的，有赞美荀伯的。

蜉蝣

蜉蝣之羽，衣裳楚楚，心之忧矣，于我归处？
蜉蝣之翼，采采衣服。心之忧矣，于我归息？
蜉蝣掘阅，麻衣如雪。心之忧矣，于我归说？

蜉蝣：昆虫名，寿命只有几个小时到一周左右。

于我归处：大意为，何处才是我的归宿。

采采：光洁鲜艳的样子。

掘阅：挖穴而出。阅，通"穴"。

麻衣：白布衣。这里指蜉蝣透明的羽翼。

说：通"税"，止息。

赏析

　　春夏之际，日落时分，常有成群的小虫在空中飘舞。它叫蜉蝣，是一种漂亮而渺小的昆虫，一般都是朝生暮死。死后坠落地面，能积成厚厚一层，它生命短暂而美丽，给人以惊心动魄之感。曹地多湖泊，非常适宜蜉蝣生存。

　　蜉蝣的羽翼，像一件华美的衣裳，鲜艳多彩，日光下，它的美，宛如昙花一现。它刚刚"掘阅"，挖穴而出，"麻衣如雪"，薄薄的蝉翼像初雪一样洁白柔嫩，但它很快就开始了生命的飞舞，尽情挥洒着生之光彩，然后死去。

　　"夫天地者，万物之逆旅也；光阴者，百代之过客也。"浮生若梦，为欢几何？人生百年不过是蜉蝣一日，怎不让人"心之忧矣"，想到生命的短暂与消亡。其实，对死的忧伤、困惑，何尝不是对生的眷念？更何况曹国国力单薄，常处于大国的威胁之下，不免让人生出更多的忧惧和伤感。

蜉蝣一日，犹自在世间留下了自己生命的舞动和光色，《诗经》中的木槿花、蟋蟀、蟋蛄，莫不如是。"生命几何时，慷慨各努力。"

蜉蝣

下泉

冽彼下泉，浸彼苞稂。忾我寤叹，念彼周京。

冽彼下泉，浸彼苞萧。忾我寤叹，念彼京周。

冽彼下泉，浸彼苞蓍。忾我寤叹，念彼京师。

芃芃黍苗，阴雨膏之。四国有王，郇伯劳之。

冽彼下泉：奔流而下的清凉泉水。

苞：植物丛生貌。　稂：像谷子的一种野草，也叫狗尾巴草。

忾我寤叹：大意为醒来一声叹息。忾，叹息。

周京：周朝的京都镐京。下文"京周""京师"同。

萧：一种蒿类野生植物，即艾蒿。

蓍：一种用于占卦的草，蒿属。

芃芃：茂盛的样子。　膏：滋润，润泽。

郇伯：指晋大夫荀跞，他曾护卫周敬王返回成周。

赏析

这首诗是曹风中唯一有事实可考的诗篇。

《毛诗序》说："《下泉》，思治也。曹人疾共公侵刻下民，不得其所，忧而思明王贤伯也。"《序》认为此诗是写曹人痛恨曹共公，思念明王贤伯。宋朱熹《诗集传》另发挥说："王室陵夷而小国困弊，故以寒泉下流而苞稂见伤为比，遂兴其忾然以念周京也。"就是说这是曹共公时的诗，即周襄王时晋文公定霸时的诗。唐孔颖达疏申其意曰："上三章皆上二句疾共公侵刻下民，下二句言思古明王；卒章思古贤伯。"

《齐诗》则认为是周敬王、鲁昭公时的诗。当时，周王室遭遇了王子朝之难，据《左传》记载，鲁昭公二十二年（公元前520年），周景王死，王子猛立，是为悼王，王子朝因未被立为王而起兵，周王室遂发生内乱。于是晋文公派大夫荀跞率军迎悼王，攻王子朝。不久悼王死，王子匄（gài）被拥立即位，是为敬王。《春秋》记周敬王居于狄泉，在今洛阳东，有人认为就是《下泉》中的"下泉"。高亨《诗经今注》说："曹人怀念东周王朝，慨叹王朝的战乱，因作这首诗。"

故"伤周衰说"较合诗意。当时，周王室衰微，各诸侯国倚强凌弱，小国得不到保护，朝不保夕，因而怀念周初比较安定的社会局面。

寒泉水冷，浸淹野草，令人触景生情，想到周室内乱，王朝衰微，大国侵凌小国。前三章第二句末字"稂""萧""蓍"不同，第四句末二字"周京""京周""京师"不同，三次换韵，重章复沓，反复吟唱，将寒泉浸野草之悲推向极致。末章却突然反转，缅怀周王朝鼎盛之时，万国朝拜的盛况。给人一种"忽喇喇似大厦倾，昏惨惨似灯将尽"的感慨。昨日的繁华，照见的是今日的悲辛。

正如王粲《七哀诗》所言："悟彼《下泉》人，喟然伤心肝。"

蜩

豳风

　　"豳风"是豳地的乐调。豳即今陕西彬县、旬邑一带，本是周的先人公刘开发的地方。平王东迁，豳地为秦所有。可见"豳风"全部产生在西周，是《国风》中最早的诗。所存诗七篇，《七月》是一首典型的农事诗。还有几篇与东方关系颇密，如《破斧》《东山》。

七月

七月流火，九月授衣。一之日觱^{bì}发，二之日栗烈。无衣无褐，何以卒岁？三之日于耜，四之日举趾。同我妇子，馌^{yè}彼南亩，田畯^{jùn}至喜。

七月流火，九月授衣。春日载阳，有鸣仓庚。女执懿^{yì}筐，遵彼微行，爰求柔桑。春日迟迟，采蘩^{fán}祁祁。女心伤悲，殆及公子同归。

七月流火，八月萑苇。蚕月条桑，取彼斧斨^{qiāng}。以伐远扬，猗^{yǐ}彼女桑。七月鸣鵙^{jú}，八月载绩。载玄载黄，我朱孔阳，为公子裳。

四月秀葽^{yāo}，五月鸣蜩^{tiáo}。八月其获，十月陨蘀^{tuò}。一之日于貉，取彼狐狸，为公子裘。二之日其同，载缵^{zuǎn}武功。言私其豵^{zōng}，献豜^{jiān}于公。

五月斯螽^{zhōng}动股，六月莎鸡振羽。七月在野，八月在宇，九月在户，十月蟋蟀入我床下。穹窒熏鼠，塞向墐户。嗟我妇子，曰为改岁，入此室处。

六月食郁及薁^{yù}，七月亨葵及菽。八月剥枣，十月获稻。为此春酒，以介眉寿。七月食瓜，八月断壶，九月叔苴^{jū}。采荼薪樗^{chū}，食我农夫。

九月筑场圃，十月纳禾稼。黍稷重穋^{lù}，禾麻菽麦。嗟我农夫！我稼既同，上入执宫功。昼尔于茅，宵尔索绹，亟其乘屋，其始播百谷。

二之日凿冰冲冲，三之日纳于凌阴。四之日其蚤，
献羔祭韭。九月肃霜，十月涤场。朋酒斯飨，曰杀羔羊。
跻彼公堂，称彼兕觥，万寿无疆！

七月流火：火，或称大火，星名，即心宿。流，向下行。每
年夏历六月此星出现于正南方，位置最高。七月以后就偏西向下
了，这就叫作"流火"。

授衣：将裁制冬衣的工作交给女工。

一之日：夏历的十一月。"二之日"等以此类推。

觱发：寒风触物发出的声响。　栗烈：凛冽、寒冷貌。

褐：粗布衣。　耜：一种农具，形状像锹。

举趾：举足耕耘。　馌：送饭。　田畯：农官名，又称农正
或田大夫。　仓庚：鸟名，就是黄莺。

懿筐：深深的筐子。　微行：小路。

爰：于是。　柔桑：初生的桑叶。

蘩：菊科植物，即白蒿。　祁祁：众多（指采蘩者）。

萑苇：荻草和芦苇。　蚕月：指三月。　条桑：修剪桑树。

斨：方孔的斧头。　远扬：指长得太长而高扬的枝条。

猗：作"掎"，牵引。"掎桑"即用手拉着桑枝来采叶。

鵙：鸟名，即伯劳。体态华丽，嘴大锐利，鸣声洪亮。

葽：植物名，今名远志。　秀葽：言远志结实。

蜩：蝉。　陨萚：草木落叶。

于貉：取貉。貉，似狐，今通称狗獾。　缵：继续。

武功：指田猎。　言私其豵：言小兽归猎者私有。豵，一岁小
猪，泛指小的兽。

献豜于工：大兽献给公家。豜，三岁的猪，代表大兽。

斯螽：虫名，类蝈蝈。　莎鸡：虫名，今名纺织娘。

振羽：言鼓翅发声。　穹窒：塞堵、填满。穹，空隙。窒，堵塞。

塞向：堵塞北窗。　墐户：涂泥在竹木所制的门上塞缝，以御寒风。墐，用泥涂抹。

郁、薁：皆木名。郁，郁李。薁，野葡萄。　剥：打落。

为此春酒，以介眉寿：认此为冬酿春成之酒，以祈长寿。

断壶：摘下葫芦。　叔：拾取。　苴：秋麻之籽，可以吃。

采荼薪樗：采苦菜、砍椿树。荼，苦菜。樗，木名，臭椿树。

场：打谷的场地。　圃：菜园。

黍稷重穋，禾麻菽麦：指各种农作物。

我稼既同，上入执宫功：意思是庄稼收割完，还要去缴纳公粮。

茅、索绹：割茅草，搓麻绳。

亟其乘屋：抓紧时间翻修屋顶。亟，急。

纳于凌阴：将存储的食物藏于冰窖。

四之日其蚤，献羔祭韭：二月份取出食物，用羔羊和韭菜祭祀。蚤，取，一说早。

朋酒：两樽酒。　称：举。　兕觥：角爵。古代用兽角做的酒器。

赏析

　　《豳风·七月》是国风中最长的叙事诗，规模宏大，叙述了西周农人全年的农耕生活，展示了那个艰辛凄苦的农耕岁月，透露出贵族和农民生活的巨大差异，鲜明地反映了当时的阶级关系。

　　全诗以时间为序，从七月开始，按照农事活动的顺序，逐月铺陈。诗中的历法使用的是周历，周历以夏历的十一月为正月，"一之日""二之日""三之日""四之日"即是夏历的十一月、

蚕

十二月、一月、二月。"蚕月"为三月，其他的月份与夏历相同。

全诗虽然叙事繁复，却纹丝不乱，二线并行，织就西周社会的风俗画。一是经线，按照时间的顺序从各个侧面展示了春耕、秋收、冬藏、采桑、染绩、缝衣、狩猎、建房、酿酒、劳役、宴飨等农事活动；一条是纬线，把西周农业社会中的两大主题"衣之始"和"食之始"，即耕和织贯穿其间。

"七月流火，九月授衣"，夏历七月之后，火星就偏西向下降行，暑气渐退，寒气将至，九月就该裁衣了，此乃"衣之始"也，十一月以后就是朔风凛冽的寒冬了，没有粗布衣衫，农人们将何以度过严冬？待到年关一过，来到春天，他们又要整理农具下田耕作，老婆孩子则到田头送饭，田官见到他们如此卖力对待农事，自然会面露喜色。此乃"食之始"也。男耕与女织是农业社会最主要的劳作，衣与食是农民生活最重要的两大主题。故首章为全文奠定了基调，乃全篇的总纲。朱熹《诗集传》云："此章前段言衣之始，后段言食之始。二章至五章，终前段之意。六章至八章，终后段之意。"

那么，二到五章便是以"衣之始"为主调，写妇女桑蚕、染绩制衣、猎狐献兽、收拾屋子过冬。这些农事活动里，充满着欢欣与悲忧。时而色调鲜明：明媚的春光里，黄莺啼鸣，姑娘们提着竹筐，结伴沿着田间小路去采桑；春天迟迟，天水相连，姑娘们又忙着去采蘩；时而激昂高亢：打获割苇，修剪桑树、纺麻织布、收割庄稼、猎取狐皮，既繁忙苦辛，又勤劳欣慰；时而忧思不乐："女心伤悲，殆及公子同归。"豳公子对美貌的女子享有与其"同归"的特权，不免让人担忧，"八月载绩，载玄载黄，我朱孔阳，为公子裳。"她们织出五颜六色的丝绸，最后都成了公子身上的衣裳，打下的狐狸，要"为公子裘"，打来的大猪要献给豳公，虽然劳动时有愉悦，但统治者的剥削和奴役让农人们心生忧愤；时而富有诗意：斯螽动股、莎鸡振羽、蟋蟀入床，仿佛工笔细描，绘声绘影，用昆虫来写季节的变化，细腻入微，宛若隔水的笛音，袅袅的寒意，丝丝缕缕漫浸心间。寒之将至，农人开始打扫室内，准备过冬了。

六到八章，紧承"食之始"款款而至，充满浓浓人间烟火味的农人生活是一组组风情画。

六七月里他们"食郁及薁""亨葵及菽"，吃郁李和葡萄，煮葵菜和大豆。七八月里，他们吃瓜，打枣子，割葫芦。九月拾麻子、采野菜、备柴草，十月里收下稻谷，酿制春酒，给老人祝寿。"筑场圃""纳禾稼"，黍子谷子高粱，小米豆麦等各种粮食都进了仓，一年的农事基本完成，又得给老爷们营造公房。还要割茅草、搓绳子、修缮屋顶，准备下一个播种季节的到来。《诗集传》引吕氏所云："此章（第七章）终始农事，以极忧勤艰难之意。"

一年之中，有田官监督、公子剥削、官府徭役、繁重劳作，到了年末，捧上两樽甜米酒，杀些大羊小羊，"跻彼公堂，称彼兕觥"，举酒庆贺、宴饮称觞，这是村落里一年中最盛大的聚会，是一年中最愉快的时刻，仿佛一年的艰辛忧勤，都可以在这一刻全部消弭。

姚际恒《诗经通论》说此文："鸟语虫鸣，草荣木实，似《月令》；妇子入室，茅绹升屋，似《风俗书》；流火寒风，似《五行志》；养老慈幼，跻堂称兕，似庠序礼；田官染职，狩猎藏冰，祭献执宫，似国家典制书。其中又有似《采桑图》《田家乐图》《食谱》《谷谱》《酒经》：一诗之中，无不具备，洵天下之至文也！"

这首宏大的叙事诗，从各个侧面展示了西周社会的劳动场景、生活图景、男耕女织、人物面貌，以及对立的阶级关系，它如此真实又如此亲切，它欢欣喜乐又沉重忧伤，它十分现实又诗意浓郁，确实是"天下至文"。

东山

　　我徂东山，慆慆不归。我来自东，零雨其濛。我东曰归，我心西悲。制彼裳衣，勿士行枚。蜎蜎者蠋，烝在桑野。敦彼独宿，亦在车下。

　　我徂东山，慆慆不归。我来自东，零雨其濛。果臝之实，亦施于宇。伊威在室，蟏蛸在户。町疃鹿场，熠耀宵行。不可畏也？伊可怀也。

　　我徂东山，慆慆不归。我来自东，零雨其濛。鹳鸣于垤，妇叹于室。洒扫穹窒，我征聿至。有敦瓜苦，烝在栗薪。自我不见，于今三年。

　　我徂东山，慆慆不归。我来自东，零雨其濛。仓庚于飞，熠耀其羽。之子于归，皇驳其马。亲结其缡，九十其仪。其新孔嘉，其旧如之何？

　　徂：去、往。　东山：诗中军士远戍之地。

　　慆慆：一作"滔滔"，久。　零雨：细雨。　濛：微雨貌。

　　西悲：因想念西方的故乡而悲伤。

　　勿士行枚：指不要再出去行军打仗。行枚，即裹腿，指脱下戎装换上平民服装。

　　蜎蜎：虫蠕动的样子。　蠋：野生的蚕。

　　敦彼独宿，亦在车下：独自在战车下蜷缩着身子睡觉。敦，身体蜷曲成一团。　果臝：葫芦科植物，一名栝楼。臝，同"裸"。

亦施于宇：蔓延攀至屋檐上。施，蔓延。

伊威：虫名。今名土鳖，常在潮湿的地方。

蟏蛸：虫名，蜘蛛类，长脚。　町疃：田舍旁空地。

熠耀：闪光的样子。　宵行：虫名，也叫萤火虫。

鹳：水鸟名。　垤：小土堆。　穹窒：指收拾屋子。

我征聿至：意为盼着丈夫征战归来。

瓜苦：即瓜瓠，也就是匏瓜，葫芦类。

烝在栗薪：一排挂在木架上。烝，多。

皇：黄白色的马。　驳：赤白色的马。

亲结其缡，九十其仪：指归来的年轻人大多都进行了婚礼。缡，女子出嫁时系的佩巾。

其新孔嘉，其旧如之何：大意为新婚的当然幸福，而久别重逢的老夫妻又当如何。

赏析

　　一个远征的士兵走在回家的途中，他去东山打仗，已经三年未归，此时，蒙蒙细雨无声地洒落在他的身上，他的心中思绪万千，满是对家乡对亲人的思念。

　　此刻，这个归乡的士兵想到"勿士行枚"，再也不用上战场，不禁回忆起"蜎蜎者蠋，烝在桑野。敦彼独宿，亦在车下"的艰辛的战争片段，桑树叶子上野蚕蠕动，露宿的战士蜷缩着身子睡在兵车下，此情此景，涌上心头，真不知当初是怎么熬过来的！如今久戍得归，真是悲喜交集。

　　接着他想象家园的荒凉：一串串的瓜蒌蔓延在房檐上，屋内潮湿，土鳖虫满地爬，门窗结满了蛛网，田地里成了野鹿出没的地方，夜间的磷火闪烁多可怕。对于他来说，最可怕的是思念的

鶴

亲人出了什么事，否则，也是"伊可怀也"，这是思家的他在归途中的疑惧不安的心理，所谓"近乡情更怯"。

最后两章写他对妻子的挂念，想象着天快下雨了，蚂蚁出来壅土，鹳鸟见了大喜长鸣，可是妻子却在屋里唉声叹气。那圆墩墩的葫芦瓢搁在柴堆上，不见它已经三年，和妻子分别也已经三年，三年来，家中音讯皆无，吉凶难料，难免胡思乱想，先是把情况想象得十分可怕，又觉得恐怕没那么严重，于是，情绪渐渐好一些，想到妻子此时正在想念他，心中升起一缕柔情，暗自在心中对妻子说：快去洒扫庭院做准备吧，我就快回来了！

那个搁在柴堆上的葫芦瓢或许就是三年前新婚时合卺用过的，不由得让他想起他们新婚的时候，黄莺闪耀着美丽的毛羽，在空中比翼齐飞。迎亲的马儿有赤也有黄。她娘给她系上佩巾，细细叮咛礼节。结婚仪式隆重烦琐，祈求吉祥如意，那时的她如此美丽，不知道久别重逢，她现在怎样了？想象让他的心中充满了激动和期待，他是靠这些美丽的回忆来安抚那颗忐忑不安的心，这滋味既苦涩又甜蜜。

不知道这个久戍的征人，最终是不是跟他的妻子团聚了，那颗在蒙蒙细雨中疑惧难安的心，是不是最终得到了安慰？只能衷心祝福他了！

此诗乃国风里最为出色的抒情诗之一，情真意切，感人肺腑。

鹿

第二部分：雅

小雅

　　"雅"是产生于周朝王畿一带的乐调。"雅"有大小之分，大约与表演场合及官方、民间规模的不同有关，燕飨时奏小雅，朝会时奏大雅。《小雅》共七十四篇，大多产生于西周后期及东周初年。作者有上层贵族，也有下层平民。诗的内容广泛而丰富，多方面描写了当时的社会生活，暴露和抨击了当时社会政治的腐败与黑暗，还有一些农事、祭祀、宴饮赠答及感时述怀之作。

鹿鸣

呦呦鹿鸣，食野之苹。我有嘉宾，鼓瑟吹笙。
（yōu）

吹笙鼓簧，承筐是将。人之好我，示我周行。
（háng）

呦呦鹿鸣，食野之蒿。我有嘉宾，德音孔昭。

视民不恌，君子是则是效。我有旨酒，嘉宾式燕以敖。
（tiāo）

呦呦鹿鸣，食野之芩。我有嘉宾，鼓瑟鼓琴。
（qín）

鼓瑟鼓琴，和乐且湛。我有旨酒，以燕乐嘉宾之心。

呦呦：鹿的叫声。　苹：藾蒿。　簧：笙上的簧片。

承筐是将：古代用筐盛币帛当作礼物送宾客。

示我周行：为我指路。周行，大路。

德音孔昭：指嘉宾们都有美好的品德声誉。孔昭，甚明。

视民不恌：待人宽厚不轻恌。恌，轻恌，引申为刻薄傲慢。

君子是则是效：为君子们做出了原则和榜样。　旨酒：美酒。

式燕以敖：指宴饮尽兴，欢乐融洽。式，语词。燕，同"宴"。

敖，遨游。　芩：草名，蒿类植物。　湛：深厚。

赏析

　　这是周王宴会群臣宾客的一首乐歌。它是以周王在宴会上祝酒的口气抒写。

　　空阔的原野上，一群麋鹿悠闲地吃草，不时发出呦呦的鸣叫声。《毛传》说："鹿得苹，呦呦然鸣而相呼，恳诚发乎中。"周王宴请众宾，也如野鹿和睦群处，相呼共食一样的诚恳，乐音并作，鼓瑟齐鸣。一派欢悦的气氛。还送上满筐的礼品，可见周王待客的一片诚意。这诚意自然能赢得众宾客的心，让他们敢于陈述政见，进献忠言，竭诚为王室效力。

"人之好我，示我周行"，这便是周王谦诚待客的结果，也可见周王是个具有开明政治态度和政治远见的人。

作为宴会的主人，看到群臣进献有益于治国的言论，当然得加以褒扬，如《诗集传》所云："言嘉宾之德音甚明，足以示民使不偷薄，而君子所当则效。"赞美众宾客明道理、善治民，是君子学习的好榜样，向他们敬酒。这也是勉励他们，进一步提高道德修养，以身作则，帮助周王更好地治理国政。群臣恭听，较为肃静。可见，这样的宴会不只是宴饮欢乐，也带有一定的政治色彩。

最后，乐声又起，欢宴继续，奏乐中又加入了琴，《礼记·乐记》说："君子听琴瑟之声，则思志义之臣。"奏乐不仅陶冶情操，还可增进主客团结。以致"和乐且湛"，这是礼、乐的并用产生的积极效果。最后表明了周王的意图：一是为了用甘美的酒让他们高兴，一是安"嘉宾之心"，赢得嘉宾内心的敬重，使他们也能以礼相待，不断教以治国良策。

曹操曾用"呦呦鹿鸣，食野之苹。我有嘉宾，鼓瑟吹笙"，表达自己求贤若渴的心情。及至唐宋，科举考试后的宴会上，也唱《鹿鸣》之章，称为"鹿鸣宴"。

"呦呦鹿鸣，食野之苹"为君者诚意待贤臣，则臣下始得尽忠心。"鼓瑟鼓琴，和乐且湛"只有君臣齐心，国运才能兴隆。

常棣

常棣之华，鄂不^{wěi}韡韡。凡今之人，莫如兄弟。
死丧之威，兄弟孔怀。原隰^{xí póu}裒矣，兄弟求矣。
脊令^{jǐ líng}在原，兄弟急难。每有良朋，况也永叹。
兄弟阋^{xì}于墙，外御其务。每有良朋，烝^{zhēng}也无戎。
丧乱既平，既安且宁。虽有兄弟，不如友生？
傧尔笾^{bīn biān}豆，饮酒之饫^{yù}。兄弟既具，和乐且孺。
妻子好合，如鼓瑟琴。兄弟既翕^{xì}，和乐且湛。
宜尔室家，乐尔妻帑^{nú}。是究是图，亶^{dǎn}其然乎？

常棣：亦作棠棣、唐棣，即郁李，蔷薇科落叶灌木。

鄂：通"萼"，花萼。 不：语助词。 韡韡：鲜明茂盛的样子。

死丧之威：指死丧给人带来的悲伤情绪。

孔怀：最为思念、关怀。孔，很，最。 原：高平之地。

隰：低湿之地。 裒：聚集。 脊令：通作"鹡鸰"，鸟名。
落单时则飞则鸣求其类，喻兄弟。

况也永叹：意为也只能为你一声长叹。 阋：争吵。

墙：墙内，家庭之内。 也无戎：意为人再多也不会来帮忙。
烝，众。戎，帮助。 友生：友人。生，语气词，无实义。

傧：陈列。 笾豆：祭祀或燕享时用来盛食物的器具。笾用
竹制，豆用木制。 之：犹是。 饫：满足。

具：通"俱"，聚集。 孺：相亲。 好合：相亲相爱。

翕：聚合，和好。 湛：亦作"耽"，通"媅"，安乐。

193

孥：儿女。　是究是图：深思熟虑。指好好想想这些道理。

亶其然乎：诚然如此。亶，诚然，确实。

赏析

仲春时节，满树的常棣花盛开，日光流布，花影相映，灿然明丽。常棣，也叫郁李，每一个枝头上，簇生着两三朵或红或白的小花，那彼此相依的花，花萼、花蒂同根而生，共存共荣，如兄弟般血脉相连，风雨同舟。

"凡今之人，莫如兄弟"，遭遇死丧则兄弟相收，遇到急难则兄弟相救，抵御外侮则兄弟相助。从"死丧""急难"到"御外"，只有兄弟可以患难相依，荣辱与共。和"良朋"相比，在遇到急难和外侮时，好朋友只能徒然长叹，爱莫能助。兄弟之间，即使在家里有口角，也能在关键时刻，一致对外，绝不含糊，一片诚笃，出自天然，只因血浓于水。

可是"丧乱"之中，"莫如兄弟""安宁"时，往往不如"友生"，这叹息有些沉重，但也不是捕风捉影，西周时期，手足相残的事频频发生。《常棣》的作者，有说是周公抑或是召穆公，眼见骨肉残害，当然要警戒规劝。但这毕竟是宴饮，欢快融洽的氛围中不宜有这样低沉的调子。

乐调重又转为欢快热烈，摆上酒菜，开怀畅饮，兄弟齐聚，和乐融融。"妻子好合，如鼓瑟琴"，而"兄弟既翕"，则"和乐且湛"。一个家庭中，夫唱妇随，琴瑟和谐固然好，但兄弟融洽相处，才能和美喜乐。兄弟和，则室家安，兄弟和，则妻孥乐。可见，兄弟和睦，是家族兴旺，家庭幸福，妻儿欢洽的基础。周代是以家庭伦理关系为本位的社会，"兄弟友爱"是重要的方面。

常棣之花，共生共荣，鹡鸰遇急，相互救助，生为兄弟，患难与共。

常棣

195

伐木

伐木丁丁，鸟鸣嘤嘤。出自幽谷，迁于乔木。嘤其鸣矣，求其友声。

相彼鸟矣，犹求友声。矧伊人矣，不求友生？神之听之，终和且平。

伐木许许，酾酒有藇！既有肥羜，以速诸父。宁适不来，微我弗顾。

於粲洒埽，陈馈八簋。既有肥牡，以速诸舅。宁适不来，微我有咎。

伐木于阪，酾酒有衍。笾豆有践，兄弟无远。民之失德，乾餱以愆。

有酒湑我，无酒酤我。坎坎鼓我，蹲蹲舞我。迨我暇矣，饮此湑矣。

丁丁：伐木声。　嘤嘤：鸟叫的声音。

迁于乔木：指鸟儿飞到高大的树上。　相：审视，端详。

矧：况且。　伊：你。　友生：朋友。　听之：听到此事。

终：既。　许许：砍伐树木的声音。

酾酒有藇：滤过酒糟的酒是那么美味。酾，过滤。有藇，酒清澈透明的样子。　羜：五个月的小羊羔。

以速诸父：快请来叔伯长辈们。　宁：宁可。　适：恰巧。

微我弗顾：不是我没有顾及到。微，非。

196

於：叹词。 粲：光明、鲜明的样子。 埽：同"扫"。

馈：食物。 簋：盛放食物的器皿。 有衍：即"衍衍"，满溢的样子。

笾豆有践：指摆好宴席。笾豆，盛放食物用的两种器皿。践，陈列。 民：人。

乾餱以愆：为了食物而导致交恶，或因招待不周而犯下过错。乾餱，干粮。愆，过错，过失。

有酒湑我：指有酒就过滤了拿出来招待。湑，用茅草过滤。

酤：买酒。 坎坎：鼓声。 蹲蹲：舞姿。 迟：等待。

赏析

幽静的山谷传来"丁丁""许许"的伐木声，栖息在树上的鸟儿惊惧起来，预感到大难将至，得赶紧搬迁，鸟儿"嘤嘤"的鸣叫声，既是一种恐慌，也是对同类的提醒，众鸟闻声纷纷行动，从幽谷迁往乔木。是友情使得鸟儿们脱离了险境，继续过上平静安宁的生活。

友情是可贵的，我国古代非常重视朋友，把它列为五伦，成为君臣、父子、兄弟、夫妇、朋友之一，朋友可以帮助你明白事理、增进德行、增长学业。"相彼鸟矣，犹求友生。矧伊人矣，不求友生？"鸟儿尚且懂得用鸟声来寻求友情，何况是人呢！不知这是周厉王暴政下朝臣们心有余悸，不敢谈论政治而另寻寄托，还是遭遇过失去或者背叛，渴望努力去恢复友情，回到和平安宁的局面？所以质诸神明，祈求"终和且平"。

为了友情，还开始备办酒筵：准备了甘美的酒，肥嫩的羊羔，八大盘的美食，把屋子打扫得干干净净，可见是诚心诚意，为了寻求友情，力求礼仪的周全。要邀请的是同姓的诸父，还有异姓的诸舅，宁可他们有事不来，也不要人"微我弗顾"，"微我有咎"！这是他的担心，一片赤诚，足见对友情的珍视，和追求的坚定不移。如果，诸父、诸舅不来，又于我"弗顾"，这种不顾情谊，互相猜忌的行为，也是对友情的极度不尊重。

　　然后，宴请同辈兄弟，但是酒菜之丰盛，礼节之周到不减于前。宴饮似乎是古人主要的交际方式，他们以诚待人，并指出人与人之间的矛盾纷争，往往是因为没有处理好此类宴饮细故引起，只有处理好饮食往还问题，才能创造和平的局面。所以，《小雅》之《鹿鸣》《湛露》《南有嘉鱼》等，都涉及了宴饮，宴饮成为建立和发展友情的有效途径。

　　最后，众人合唱，"有酒湑我，无酒酤我"，总之要喝得尽兴。宴会上鼓乐齐鸣，按着节拍翩翩起舞，多么欢快的场面，多么幸福的人群，趁着空暇，饮着美酒，团结友爱，皆大欢喜。

　　方玉润《诗经原始》说："盖兄弟亲戚中，皆有友道在焉。"诸父、诸舅、兄弟，亲情中也有友情，友情可存在亲情之中。《毛诗序》说："《伐木》，燕朋友故旧也。自天子至于庶人，唯有不须友以成者。亲亲以睦，友贤不弃，不遗故旧，则民德归厚矣。"

　　这是一首宴请亲朋故旧的乐歌，说明了亲情友情的可贵，希望大家互爱互助，常来常往，真诚相待。

采薇

采薇采薇，薇亦作止。曰归曰归，岁亦莫（mù）止（mǐ）。靡室靡家，猃狁（xiǎnyǔn）之故。不遑（huáng）启居，猃狁之故。

采薇采薇，薇亦柔止。曰归曰归，心亦忧止。忧心烈烈，载饥载渴。我戍未定，靡使归聘（pìn）。

采薇采薇，薇亦刚止。曰归曰归，岁亦阳止。王事靡盬（gǔ），不遑启处。忧心孔疚，我行不来！

彼尔维何，维常之华。彼路斯何？君子之车。戎车既驾，四牡（mǔ）业业。岂敢定居，一月三捷。

驾彼四牡，四牡骙骙（kuí）。君子所依，小人所腓（féi）。四牡翼翼，象弭鱼服。岂不日戒，猃狁孔棘（jí）！

昔我往矣，杨柳依依。今我来思，雨雪霏霏（yù）（fēi）。行道迟迟，载渴载饥。我心伤悲，莫知我哀！

薇：野豌豆苗，嫩苗可食用。

作：指薇冒出地面。　止：句末助词，无实意。

岁亦莫止：指又到年终。莫，通"暮"，此指年末。

靡室靡家：即无家无产业。靡，无。

猃狁：中国古代少数民族名。

不遑：不暇。遑，闲暇。　启：跪。　居：坐。

薇亦柔：指野豌豆进一步的生长，柔，嫩。

靡使归聘：无法给家里捎带书信。聘，问候，引申为书信。

薇

阳止：夏历四月以后。　靡：无。盬：止息，了结。

常：常棣（棠棣），植物名，即郁李。

彼路斯何：那是何人所乘的战车。路，大车。

牡：雄马。　业业：高大的样子。　骙骙：指马高大强壮的样子。

小人所腓：士兵们的屏障。腓，庇，掩护。

翼翼：整齐的样子。谓马训练有素。

象弭：两端用象牙装饰的弓。　鱼服：鱼皮制的箭袋。

孔棘：很紧急。棘，急。

依依：形容柳丝轻柔、随风摇曳的样子。

雨雪：下雪。　霏霏：雪花纷落的样子。

赏析

薇菜，也叫野豌豆苗，春天发芽生长，夏秋变老。

一群戍卒正在荒野漫坡上采摘薇菜，戍边的艰辛，让他们极度思念着家乡。薇菜从"作止""柔止"到"刚止"，春天，绽放出嫩绿的芽尖，夏天，叶片变得肥嫩，秋天，叶茎老去而粗硬。时光无情地流逝，一年将尽，何时才能归家呢？自然生物的生老消长，天地四时的悄然变化，都是时光和生命流逝的见证，也是在思念里煎熬过的漫漫痕迹。

可是，要和狎狁去作战，"不遑启居""不遑启处"，战事紧，军旅生活紧张艰辛，没有片刻休息；"载饥载渴，我戍未定""王事靡盬""岂不日戒"又饥又渴，行军不定，家书难寄，战事没完没了，时刻戒备。

开篇三章一方面是戍卒思归恋家的痛苦煎熬，一方面是戍边卫国的重大责任，两种感情矛盾交织，在他们的胸膛里冲撞着悲凉与豪迈的情愫，冲突矢奔，滔滔不已。

接下来的两章追述了行军作战的紧张激烈。那密密层层盛开在枝头的棠棣花，高大雄壮的战马，威风凛凛的将军，整齐威武的士兵，一字排开的战车，飕飕作响的羽箭，华贵沉重的雕弓，无声诉说着血洒疆场，马革裹尸的豪壮。"四牡翼翼，象弭鱼服"战马强壮，装备精良，"岂不日戒，狎狁孔棘"，将士们天天严阵以待。还追述了两个战争的场景："戎车既驾，四牡业业。岂敢定居，一月三捷。"军容威武、士气高涨，和狎狁进行着频繁的战斗，大胜而归；"驾彼四牡，四牡骙骙。君子所依，小人所腓。"在战车的掩护和将帅的指挥下，士卒们紧随战车冲锋陷阵，杀声震天。正因为猃狁猖狂，战事吃紧，才导致久戍难归。这烽火硝烟的浓重阴影，被将士们浴血奋战的豪情和思念的美丽家园所点亮，那是戍卒们心头一抹温暖的晨曦。

归途，注定是世界上最漫长的一条路，更何况隔着一场残酷的战争，隔着年年岁岁采薇时痛苦不堪的思念，隔着军旅生活的悲苦艰辛。"昔我往矣，杨柳依依。今我来思，雨雪霏霏"，昔日从军上战场，春色旖旎，万条杨柳，随风飘拂，似是依依送别。殊不知抑或就是生离死别。今日归来，却遇上大雪纷飞的冬天，归途漫漫，忍饥受渴，抚今追昔，想到自己战斗中的九死一生，征途中的艰难险阻，内心的痛苦忧伤，难以言表。更何况，一别经年，家在何方？家人可安好？不禁让人忧思不已。

漫天风雪中，一个踽踽独行的征人，内心凄凉悲伤，被沉重的相思与焦灼烧灼着，又饥又渴，步履蹒跚地走在回乡的路上。

出车

我出我车，于彼牧矣。自天子所，谓我来矣。召彼
仆夫，谓之载矣。王事多难，维其棘矣。

我出我车，于彼郊矣。设此旐^{zhào}矣，建彼旄^{máo}矣。彼
旟^{yú}旐斯，胡不旆旆？忧心悄悄，仆夫况瘁^{cuì}。

王命南仲，往城于方。出车彭彭，旂^{qí}旐央央。天子
命我，城彼朔方。赫赫南仲，玁狁于襄。

昔我往矣，黍稷方华^{huā}。今我来思，雨雪载涂。王事
多难，不遑启居。岂不怀归？畏此简书。

喓^{yāo}喓草虫，趯^{tì}趯阜螽^{zhōng}。未见君子，忧心忡忡。既
见君子，我心则降。赫赫南仲，薄伐西戎。

春日迟迟，卉木萋萋。仓庚喈^{jiē}喈，采蘩^{fán}祁祁。执讯
获丑，薄言还归。赫赫南仲，玁狁^{xiǎnyǔn}于夷。

牧：放牧之地，郊外。　棘：通"亟"，紧急。

旐：画有龟蛇图形的旗。　旄：旗竿上装饰牦牛尾的旗子。

旟：画有鹰隼图案的旗帜。　建：竖立。

旆旆：旗帜飘扬的样子。　悄悄：心情沉重的样子。

仆夫况瘁：指车夫面容憔悴。况瘁，辛苦憔悴。

彭彭：盛多的样子，形容车马众多。

旂：绘有双龙图案并有铃的旗帜。　央央：鲜明的样子。

赫赫：威仪显赫的样子。

猃狁于襄：即抵挡或消灭北方游牧民族猃狁。猃狁，北方的少数民族。　襄，即"攘"，平息，扫除。

黍稷方华：即黍稷正茂盛。方，正值。华，茂盛。

思：语助词。　雨雪：下雪。　涂：即"途"。

遑：空闲。　启居：安坐休息。

简书：官书写在竹简上。指紧急兵书。

喓喓：昆虫的叫声。　趯趯：蹦蹦跳跳的样子。

阜螽：蚱蜢。　君子：指南仲等出征之人。

我：作者设想的在家之人。　降：安宁。

薄：借为"搏"，打击。　西戎：古代北方少数民族。

仓庚：黄莺。　喈喈：鸟叫声。　蘩：白蒿。

祁祁：众多的样子。　执讯：捉住审讯。　获丑：俘虏。

薄：急。　还：通"旋"，凯旋。　夷：扫平。

赏析

一个凯旋的武士，自豪地述说他跟随统帅南仲出征的经历。

当时，西周面临的敌人，北有猃狁，西有昆夷，为了王朝的安定，周王朝多次派兵征讨。其中，南仲率领的这次征讨，战功赫赫，战果辉煌。

"王事多难，维其棘矣"在国家危难的时刻，将士们紧急行动去保卫家园。从"出车""到牧""传令"到"集合"，行动迅速，给战车套马、集合在远郊、天子传令、召集车夫，空间上逼近，时间上紧凑，简直是一幅战前的郊外点兵图。将士们心情凝重，深感责任重大。

郊外集结地，旌旗飘扬，"旐""旄""旂""旗"之"斾斾"，更显得气势凛然，军容整肃。"忧心悄悄，仆夫况瘁"，士兵们忧心战事，身心憔悴。战车隆隆，开赴前线，"往城于方"、"城彼朔方"，点明了此次出兵的方位、地域和讨伐的对象。"出车彭彭，旂旐央央"，天子传命，在南仲的率领下，军队军威奋扬，略去了战斗和筑城御敌的历程，直接写南仲打败了狁，对南仲将军的英明统帅发出了由衷的赞颂。

接下来写讨伐西戎的事。出征日久，"岂不怀归"，但是王朝多有外患，为了御敌来回奔波，把思乡的感情深深埋在心底。为了平定西戎，将士们再次出征。"黍稷方华"的季节出征北伐，"雨雪载途"的冬季队伍才转回，国家多难，忙碌不休，赫赫南仲，上承天子威灵，下同士卒一心，才会有不断的胜利，才会有凯旋的这一天。

秋天的时候，草丛里有蝈蝈叫，野地里有蚱蜢跳，天地间一片衰败凋残的景象，自从丈夫出征，此情此景，让妻子怎么会不日日"忧心忡忡"？丈夫凯旋，妻子自是喜悦心安。可见，这场战争，让多少人饱受痛苦的煎熬。这次的凯旋，是多么地令人高兴，让人由衷地发出对英明主帅的赞美。

回到家乡，春日长昼，草木葳蕤，黄莺啼鸣，村姑采繁，一切是那么的美好欢快。是威名赫赫的南仲将军带领士兵们打了一个又一个的胜仗，扫除了狁，俘获俘虏，回乡了。家乡，用最美好的春天，款待凯旋的将士们。

阜螽

大雅

　　《大雅》三十一篇，是庙堂祭祀的乐章，全为西周时期作品，其作者多为周王朝的上层人物，内容以歌颂周朝先王先公的功绩，记述周朝的历史，以及政治、军事、祭祀方面的活动为主。总的看来，格调比较庄严肃穆，很少风云月露之态。

文王

文王在上，於昭于天。周虽旧邦，其命维新。有周^{wū}不显，帝命不时。文王陟降，在帝左右。

亹亹文王，令闻不已。陈锡哉周，侯文王孙子。文^{wěi}王孙子，本支百世，凡周之士，不显亦世。

世之不显，厥犹翼翼。思皇多士，生此王国。王国^{zhēn}克生，维周之桢。济济多士，文王以宁。

穆穆文王，於缉熙敬止。假哉天命，有商孙子。商之孙子，其丽不亿。上帝既命，侯于周服。

侯服于周，天命靡常。殷士肤敏，裸将于京。厥作^{guàn}裸将，常服黼冔。王之荩臣，无念尔祖。^{fǔ xǔ}^{jìn}

无念尔祖，聿修厥德。永言配命，自求多福。殷之未丧师，克配上帝。宜鉴于殷，骏命不易。

命之不易，无遏尔躬。宣昭义问，有虞殷自天。上天之载，无声无臭。仪刑文王，万邦作孚。

文王：姬姓，名昌，周王朝的缔造者。

於：赞叹声，犹"呜""啊"。　昭：光明显耀。

旧邦：邦，犹"国"。周在氏族社会本是姬姓部落，后与姜姓联合为部落联盟，在西北发展。周立国从尧舜时代的后稷算起。

命：天命，即天帝的意旨。　维：是。

有：词头，无实义。　不：同"丕"，大。

陟降：陟，升。降，下。　左右：指身旁。

亹亹：勤勉不倦貌。　令闻：美好的名声。　不已：无尽。

陈锡：重赐，赐之多也。　哉："载"的假借，初、始。

侯：乃。　孙子：子孙。　本支：以树木的本枝比喻子孙蕃衍。

士：这里指统治周朝享受世禄的公侯卿士百官。

不显亦世：指世世代代都能显赫荣耀。

厥犹翼翼：其谋略周详而谨慎。厥，其。犹，同"猷"，谋划。翼翼，思虑深远貌。

思：语首助词。　皇：美、盛。

克生：指能生出众多人才。克，能。

桢：支柱、骨干。　济济：盛多、整齐美好。

穆穆：庄重恭敬貌。　缉熙敬止：光明磊落而敬畏天命。缉，明。熙，广。　假：大，伟大。

其丽不亿：言商遗民之多。丽，数。不，助词。亿，周制十万为亿，这里是概数，极言其多。　靡常：无常。

殷士肤敏：殷士，归降的殷商贵族。肤敏，即勤敏地陈序礼器。

祼：古代一种祭礼。　将：举行。　常服：祭事规定的服装。

黼：古代有白黑相间花纹的衣服。　冔：殷冕。

荩臣：忠臣。　无：语助词，无义。　聿：发语助词。

永言：长久。　配命：与天命相合。配，比配，相称。

丧师：指丧失民心。师，众、众庶。

克配上帝：可以与天帝之意相称。

骏命不易：听从上天之命，才能永远持续。骏命，大命，也指天命。骏，大。

无遏尔躬：不要在你这里中断（王朝的传承）。遏，止。

宣昭义问：发扬光大美好的名誉。义问，美好的名声。

有虞殷自天：要借鉴"殷商覆灭由天命"。虞，度，借鉴。

仪刑文王，万邦作孚：意思为，认文王为榜样，就能取得四方诸侯的信任。仪刑，效法。孚，信任。

赏析

此为《大雅》的首篇，是用来歌颂文王的。作者也是被人颂扬的西周政治代表人物周公旦。

歌颂文王，是《雅》《颂》的主题之一。文王姬昌是周王朝的奠基者，是周人崇敬的祖先，是伟大的民族英雄。周，原是地处西北的一个农业小国，在文王姬昌的治理下，逐渐发展成为可与殷商抗衡的新兴强国，这中间经历了五十多年的殚精竭虑，艰苦奋斗。他反对暴政，实行"仁德"，天下归心，使得那些被殷商压迫侵略的各民族联合起来，共同反抗殷商的暴虐，推翻奴隶主的统治。生前，他已经完成了对殷商的三面夹击，为灭商做好了充足的准备。他死后三年，武王伐纣，一举推翻了殷商，建立了比较开明的周王朝。文王是当之无愧的周朝国父。

朱熹《诗集传》据《吕氏春秋·古乐》篇为此诗解题曰："周人追述文王之德，明国家所以受命而代殷者，皆由于此，以戒成王。"此篇歌颂文王受命于天建立周朝的功绩，叙述商周兴亡隆替的道理，是为了告诫和勉励周成王及后世君王，要吸取殷商的教训，效法文王敬天法祖，实行德政。

整首诗共七章，每章八句。首章写文王受天命，使得周朝国运昌盛，出现新气象。他死后，神灵"在帝左右"。次章描述文王美名远扬，广布恩泽，惠及子孙百世。三章称颂文王招揽贤才，选贤举能，使得国家人才济济，邦国安宁。四、五、六章，追述殷商违背天意，尽失民心，终至灭亡。而文王能顺应天命，使得商朝的旧臣都归顺于周。于是。反复劝告"王之荩臣"，要认真吸取殷商之鉴，"聿修厥德"，效忠周朝，顺应天命，情意恳切。第七章再次强调要以殷商为鉴，以文王为法。

综观全诗，周公旦是以"天命观"的思想来观察和阐发殷商灭亡、周朝创建的历史，歌颂文王的功绩的。应该批判地看待，"天命作周"，很显然是违背历史发展规律的。

周公旦作为杰出的政治家，对后生晚辈可谓用心良苦，处处以事实为依据，动之以情，晓之以理。歌颂文王福泽后世，其意是告诉成王及后世君主，没有文王的励精图治，就没有后世的荣显，启发对文王恩德的感戴之情。论及殷商人口比原来的周朝多得多，最终丧失民心，一败涂地，贵族沦为周朝的服役者，恳切叮嘱，谆谆教导，劝勉、鼓励、告诫，理正情深。

在艺术手法上，章句结构整齐，每章换韵，韵律和谐。每章的结句和次章的首句形成连珠顶真，相承不绝，诗意蝉联，浑然一体，富有音乐的回环之美。

理正，情深、韵谐，音美，不愧为《大雅》之首。

生民

厥初生民，时维姜嫄。生民如何？克禋克祀，以弗无子。履帝武敏歆，攸介攸止。载震载夙，载生载育，时维后稷。

诞弥厥月，先生如达。不坼不副，无菑无害。以赫厥灵，上帝不宁，不康禋祀，居然生子。

诞寘之隘巷，牛羊腓字之。诞寘之平林，会伐平林。诞寘之寒冰，鸟覆翼之。鸟乃去矣，后稷呱矣。实覃实讦，厥声载路。

诞实匍匐，克岐克嶷，以就口食。蓺之荏菽，荏菽旆旆。禾役穟穟，麻麦幪幪，瓜瓞唪唪。

诞后稷之穑，有相之道。茀厥丰草，种之黄茂。实方实苞，实种实褎，实发实秀；实坚实好，实颖实栗，即有邰家室。

诞降嘉种：维秬维秠，维糜维芑。恒之秬秠，是获是亩。恒之糜芑，是任是负，以归肇祀。

诞我祀如何？或舂或揄，或簸或蹂。释之叟叟，烝之浮浮。载谋载惟，取萧祭脂。取羝以軷，载燔载烈。以兴嗣岁。

卬盛于豆，于豆于登，其香始升。上帝居歆，胡臭亶时。后稷肇祀，庶无罪悔，以迄于今。

瓜

厥初生民：指最初周民是如何诞生的。厥初，其初、当初。

时：是。　姜嫄：相传帝喾之妻，周人先祖后稷之母。

克禋克祀：指祭祀上苍以祈子。克，能。

弗："袚"的假借，除灾求福的祭祀。

履帝武敏：踩着上帝的脚印。履，践踏。武，足迹。敏，大拇指。

歆：欣喜。　攸介攸止：指姜嫄得到福祉。攸，语助词。介，通"祄"，神保佑。止，通"祉"，神降福。

载震载夙：这里指姜嫄怀上龙胎。震，"娠"的假借，怀孕。

诞：发语词，有叹美的意思。　弥：满，此指怀孕足月。

先生：初生，第一次分娩。　达：瓜、肉球，或以为羊胎（母羊产胎，小羊破胎而生）。

坼：裂开。　副：裂开，剖开，指衣胞破裂。　菑：同"灾"。

以赫厥灵：显示上帝之灵（即非凡之胎）。赫，显示、显耀。

不康：丕康。丕，大。　寘：弃置。　腓：隐蔽。

字：乳育。　平林：大林，森林。　会：恰好。

鸟覆翼之：大鸟张翼覆盖他。　呱：小儿哭声。

实覃实訏：指哭声实在是悠长而响亮。实，是。覃，长。訏，大。

克岐克嶷：是说能有所识别。岐，知意。嶷，古音"逆"，认识。

蓺：种植。　荏菽：大豆。　旆旆：茂盛的样子。

役：通"颖"，禾尖。　穟穟：禾穗沉甸下垂的样子。

幪幪：茂密的样子。　瓞：小瓜。　唪唪：果实累累的样子。

穑：耕种。　有相之道：有分辨农作物的本领。

茀：拂，拔除。　黄茂：丰美的谷物。　实：是。

方：萌芽刚出土。　苞：茂盛。　种：禾芽始出。

褎：禾苗渐渐长高。　发：舒发。　秀：初长穗。

坚：谷粒灌浆。　颖：垂穗。　栗：果实栗栗然，果实众多。

有邰家室：认养家室。邰，养。谷物丰茂，足以养家室之意。

降：天赐。　秬：黑黍。　秠：一种黑黍。

穈：赤苗嘉谷（初生时叶纯色）。

芑：白苗嘉谷（初生时色微白）。　恒：遍，满。

肇：始。以上五句是说遍种四种谷，成熟后收获抱负而归，始祭上帝。　揄：舀取。　蹂：通"揉"，揉搓。

释：淘米。　叟叟：亦作"溲溲"，淘米之声。

烝：同"蒸"。　浮浮：热气上升貌。

惟：思，考虑。言思念于祭祀的事。　萧：香蒿。

213

脂：牛油。　羝：公羊。　羖：剥去羊皮。

烈：烧烤。这句是说将萧与脂烧燎起来。

以兴嗣岁：祈求来年更吉利。兴，兴旺。嗣岁，来年。

卬盛于豆：指仰头举着祭祀的盛器。卬，通"仰"。豆，木制盛器。

登：瓦制的盛汤碗。　居歆：安享。居，语助词。

胡臭亶时：为什么香气诚然如此好。臭，香气；亶，诚然，确实；时，善，好。

赏析

《生民》是《诗经》中为数不多的几篇史诗性质的叙事诗之一。它是关于周人始祖后稷——农业之神最早、最完整、最生动的记载，是周人叙述开国史诗的六篇中的第一篇。富有神话意味，具有丰富的想象力，却又不脱离古代现实生活。

后稷，是周的始祖，名弃。父帝喾，母姜嫄。生于稷山（今山西省稷山县），被称为稷王（也作稷神或者农神）。农耕始祖，五谷之神。尧舜之相，司农之神。封于有邰。

前三章写后稷出生前后的神异情况。先介绍后稷的家世，指出他的母亲是姜嫄，是有邰氏之女，帝喾的元妃。姜嫄去进行禋祭，踩在上帝的足迹上，欣然有感，"履帝武敏歆"，就怀孕生下了后稷。后稷出生时，也奇艺非凡，产妇产门不破，婴儿胞衣不裂，是一个连着胞衣的完整的肉蛋蛋，虽然生下来平安康健，但还是令姜嫄惶恐不安，不敢养这个孩子。于是，将这个孩子扔到了窄巷里，牛羊却跑来喂养他。把他丢到树林里，恰好遇到有人来砍树。把他丢在寒冰上，有一只大鸟张开翅膀护着他。大鸟飞走后，后稷哭出声来，那哭声又长又响亮，引得路人都驻足。

中间三章写后稷幼年从事农艺的神异，以及对农业生产的巨大贡献。他刚会在地上爬，就能自求食物。长大一点，就显示出耕作的非凡本领，种的豆豆苗茂盛，种的谷子禾穗垂沉，种麻麦葱郁无杂草，种的瓜果实累累。他有种庄稼的独特方法：勤除杂草，精选良种。"方、苞、种、褒，发、秀、坚、好、颖、栗"十个形容词，写尽了庄稼生长的全过程：种子发芽、出苗、长高、抽穗、结实。谷粒饱满，成色喜人。率众来到邰地后，上天又赐予了很多的良种：秬、秠、穈、芑，加上之前的荏菽、麻、麦子、瓜，农业取得了巨大的成就。

最后两章写周人祭祀上天，祈求来年，感念歌颂后稷的恩德。祭祀如此隆重，祭品也异常丰盛。舂米、舀米、搓米、扬糠、淘米、蒸饭、烧艾、杀羊、剥皮、烤熟，做好的祭品装在碗里，用木碗盛肉，瓦盆盛汤，香味四溢。这是后稷开创的祭祀礼，也是后稷创业成功，才有此丰硕的成果可以作为祭享的供品，使得天帝永远保护着华夏子孙。

全诗虽然充斥着神话色彩，但对农业生产的详细描写，也反映出当时农业已同畜牧业分离而完成了第一次社会大分工的事实。也不难看出这是母系氏族社会向父系氏族过渡时期的情况。

从履足感孕、被弃不死、幼时异事、长大奇能、首创农业到周人感恩，一切皆不寻常；种豆、种瓜、种麦，除杂草、选良种，耕种、收获、丰收，农业生产贡献巨大；黑黍、白粟、黄麻、翠瓜，谷物色彩炫目；米饭、烧艾、熟羊，祭祀郑重丰盛；首创祭礼，获佑天帝，场面隆重壮美。

《生民》，真可谓古代诗歌中一朵瑰丽的奇葩，一篇壮丽的史诗。

鹊

第三部分：颂

《毛诗序》说："颂者，美盛德之形容，以其成功告于神明者也。"这说明它是宗庙祭祀的乐歌。《颂》诗不但用来演奏，还可以且歌且舞，进行表演。其声音缓慢，有的无韵，不分章。

《周颂》计三十一篇，是周朝的颂歌，主要用于宗庙祭祀。《鲁颂》共四篇，都是春秋时代产品。产生地是春秋鲁国的国都（今山东曲阜）。《商颂》即"宋颂"。《商颂》共五篇，是春秋时代的作品，产生于春秋时宋都河南商丘地带。

清庙

於穆清庙，肃雍显相。济济多士，秉文之德。
<small>wū</small> <small>yōng</small>
对越在天，骏奔走在庙。不显不承，无射于人斯！
<small>pī</small> <small>yì</small>

於：赞叹词。 穆：庄严、壮美。 清庙：肃然、清静的宗庙。

肃雍：态度严肃雍容。 显：高贵显赫。 相：助祭的人，此指助祭的公卿诸侯。 秉文之德：秉持文王之德。

对越：犹"对扬"，对是报答，扬是颂扬。 在天：指周文王的在天之灵。

骏：敏捷、迅速。 不显不承：显赫地继承。不，通"丕"，大。

射：同"斁"，厌弃。 斯：语气词。

赏析

《清庙》乃是"颂始"，但对于这首诗的内容，历来说法不一。《毛诗序》曰："《清庙》，祀文王也。周公既成洛邑，朝诸侯，率以祀文王焉。"《郑笺》："清庙者，祭有清明之德者之宫也，谓祭文王也。天德清明，文王象焉，故祭之而歌此诗也。"《尚书·洛诰》以为是合祭周文王、周武王时用的歌舞辞，是周人"追祖文王而宗武王"的表现。可是郑玄笺提出清庙乃"祭有清明之德者之庙也"，文王只是"天德清明"的象征而已。于是也就有人认为《清庙》只是"周王祭祀宗庙祖先所唱的乐歌"（高亨《诗经今注》），并不一定是专指文王。不过，从"四始"的特点来看，说是祭祀文王的乐歌，还是比较有道理的。

"诗"有"四始",是司马迁在《史记·孔子世家》中提出来的。说:"《关雎》之乱,以为《风》始,《鹿鸣》为《小雅》始,《文王》为《大雅》始,《清庙》为《颂》始。"按照毛诗的观点,整部《诗经》,都是反映和表现王道教化的,所以郑玄笺说:"'始'者,王道兴衰之所由。"可见,每类诗的第一篇,就具有特殊的意义。

周文王姬昌,曾为西伯侯,在位五十年,"遵后稷、公刘之业,则古公、公季之法,笃仁、敬老、慈少",他在世时,虽然没有实现灭殷立周、统一中原的宏愿,但他奠定了周部族进一步壮大的雄厚的基础。他的"善理国政",也使周部族向外显示了信誉和声威,为他儿子"武王伐纣"铺平了道路。所以,在周人心目中,他始终是一位威德普被、神圣而不可超越的开国贤君。

诗是一开始就展现出一座庄严清净的宗庙,"於穆清庙"是正面点题。其余的七句皆是从侧面着笔,先写助祭者身份的显贵和肃敬雍和的态度,又说参与祭祀的人数众多,接着说祭祀之人都秉承了文王的德行,文王的神灵已经飞升天上,祭祀者都向空遥拜,还在建有文王神位的庙里奔走祭拜。最后赞美文王的美德将要光耀四方,传承后世,人们对他的仰慕之情永无止尽。

作为宗庙祭祀的乐歌,虽然无韵,但也是言简意深,庄严肃穆,自成一格。

马

有駜

有駜有駜，駜彼乘黄。夙夜在公，在公明明。振振鹭，鹭于下。鼓咽咽，醉言舞。于胥乐兮！

有駜有駜，駜彼乘牡。夙夜在公，在公饮酒。振振鹭，鹭于飞。鼓咽咽，醉言归。于胥乐兮！

有駜有駜，驺彼乘骃。夙夜在公，在公载燕。自今以始，岁其有。君子有穀，诒孙子。于胥乐兮！

驜：马肥壮有力貌。　乘黄：四匹黄马。

夙夜在公：从早到晚，勤于公务。

明明：通"勉勉"，勤勉之貌。

振振：鸟群飞貌。　鹭：鹭鸶，古人用其羽毛作舞具。

于胥乐兮：言一起欢乐。于，通"吁"，感叹词。胥，皆，都。

骃：青骊马，又名铁骢。　岁其有：年年丰收。

穀：福禄，一说"善"。　诒：遗留，留给。

赏析

这是一首祝颂鲁僖公和群臣宴饮欢乐的乐歌。

鲁僖公是鲁国的一位中兴之君，鲁国多年饥荒，到了僖公时，采取了一系列措施，重视农业，宽以爱民，战胜灾害，获得丰收。朱熹《诗序辨说》："此但燕饮之诗，为见君臣有道之意。"说得很有道理，诗中极力叙述丰收燕饮，君臣欢乐醉舞的情景。

诗共三章，每章的前两句都在写马，分别说了三种不同种类和毛色的马，有"驷彼乘黄""驷彼乘牡""驷彼乘骃"，肥壮的黄马，强壮的雄马、健壮的铁骢，春秋时期，马的蕃多和肥壮，是国力强盛、君主善政的标志之一，所以，"问国君之富"，常"数马以对"。而作为君主的鲁僖公"夙夜在公，在公明明"，这是鲁人赞颂他不分昼夜，处理政事。

接下来写欢乐的宴饮，宴会上，舞伎手持鹭羽，扇动羽毛，如鹭鸟一样，时而飞翔而下，时而群翔空中，鼓声咚咚响个不停，震撼着他们的内心，轻盈优美，上下翻飞的舞姿感染着他们的情绪，他们醉了，脚步开始踉跄，开始手舞足蹈，把往日的拘谨、礼数等都抛诸脑后，发出"于胥乐兮！"的感叹，从"醉言舞"到"醉言归"，宴饮从欢聚到散去，大伙一起多快乐啊！

作为颂歌，需要在歌舞结束前表达对主人的祝愿和赞美，那当然是希望从今而后，年年岁岁都有好收成，并将这福泽传之子孙，希望鲁国福泽绵长，国祚长久。

《史记·鲁周公世家》载"成王乃命鲁得郊，祭文王"，这应该是鲁国的郊祭，是僖公祭祀祈年之后的宴饮。

鸳鸯

玄鸟

天命玄鸟，降而生商，宅殷土芒芒。古帝命武汤，
正 域彼四方。
_{zhēng}

方命厥后，奄有九有。商之先后，受命不殆，在武
丁孙子。武丁孙子，武王靡不胜。

龙旂十 乘 ，大糦是承。邦畿千里，维民所止，肇
_{qí shèng chì}
域彼四海。

四海来假，来假祁祁。景员维河，殷受命咸宜，百
_{gé}
禄是何。

玄鸟：黑色燕子。传说有娀氏之女简狄吞燕卵而怀孕生契，契建者。　商：指商的始祖契。　宅：居住。

芒芒：同"茫茫"，广大的样子。　帝：天帝，上帝。

武汤：即成汤，汤号曰武。　正：同"征"，征服。

方：通"旁"，广也。　后：上古称君主，指诸侯。　奄：拥有。

九有：九州。传说禹划天下为九州。　先后：指先君，先王。

命：天命。　殆：通"怠"，懈怠。

武丁：即殷高宗，汤的后代。　武王：应指武丁。　胜：胜任。

旂：古时一种旗帜，上画龙形，竿头系铜铃。

乘：四马一车为乘。　糦：同"馆"，酒食。

承：供奉。　邦畿：封畿，疆界。　止：停留，居住。

肇域彼四海：始拥有四海之疆域。或释"肇"为"兆"。兆域，即疆域。　来假：来朝。假，通"格"，到达。

景员维河：广大辽阔的疆域被黄河围绕。景，广大。员，幅员。

百禄：多福。　何：通"荷"，承受，承担。

赏析

这是一首铿锵雄壮，有着青铜器的重拙真诚，甲骨金文的浑厚纯真气质的祭祀舞曲。

《毛诗序》云："《玄鸟》，祀高宗也。"高宗，指的是殷高宗武丁，相传他在位五十九年，任用傅说为宰相，政治贤明，是开国君主成汤之后最雄才大略的君主，这首诗就是以成汤和武丁作为歌颂和赞美的对象的。

"天命玄鸟，降而生商"，商是以鸟为图腾的民族。相传，商的祖先契是其母有娀氏之女吞下燕卵之后生下的。《史记·殷本纪》："殷契，母曰简狄，有娀氏之女。……三人行浴，见玄

223

鸟堕其卵，简狄取吞之，因孕生契。"上古典籍中对此传说有相当多的记载。简狄吞五色燕卵而生契，这样诞生的契当然具有神人的双重特质，契传十四世而至成汤。

天帝命令成汤开疆拓土，征服天下，奄有四海，号令各地的诸侯，使得汤成为统摄九州的君主，这无非是藉此宣扬商王朝的建立，完全是天帝的意旨，具有不容置疑的权威和地位。

诗的后半部分是歌颂武丁的功绩的。商代的先君和先王，他们上承天命，毫不懈怠，到了武丁，尤其恪尽职守，完成先王的遗业，使得各地诸侯来助祭，四方夷狄来朝拜，领土辽阔，百姓安居，国家繁荣昌盛。字里行间洋溢着商代统治者对武丁的热烈赞美，流露出商王朝"受命咸宜，百禄是何"的极度自信。充盈着积极进取的炽烈情感。

这首舞曲，集诗、歌、舞为一体，因为是祭祀所用，歌词的韵脚要响亮，舞蹈要热烈庄重，伴奏的乐器要音质浑厚，故此诗四言、五言相杂，错落而不失浓重，显得典雅庄重，富于变化。体现了浓重的祭祀色彩。